トルストイの生涯

藤沼　貴

第三文明選書16

＊本書はレグルス文庫206『トルストイの生涯』(初版第三刷、二〇〇三年四月、第三文明社)を底本としました。
本書には、現在では不適切とされる表現が一部ありますが、原本を尊重し、発刊当初のままとしました。(編集部)

装幀／クリエイティブ・コンセプト

トルストイ

まえがき

トルストイの生涯――それは長く、広く、深く、そして、たくましい。

トルストイは八十二歳まで生きた。

今から八十年も前の八十二歳といえば、現代の百歳に匹敵する長寿である。しかも、トルストイの八十二年の生涯の間には、さまざまなできごとが起こり、世界は大きく変化した。トルストイはたくさんの農奴を所有する地主貴族の家に生まれたが、農奴制廃止や第一次ロシア革命を経験し、大革命の足音を耳にしながら生涯を終えた。トルストイが生まれた時には、ろうそくが最高の照明だったが、その晩年には、ロシアでも電灯が使われるようになっていた。ダーウィンもパスツールもトルストイと同時代人で、若い頃のトルストイは進化論も細菌の存在も知らなかった。

日本の歴史に当てはめれば、トルストイの生涯は十一代将軍家斉《いえなり》の文政、天保時代から、日本が世界の「一等国」を自称しはじめた明治四十三年までつづいている。

トルストイは並みの大人物の数人分の生涯を生きた。

トルストイの全集は九十巻にもなるが、十五巻か二十巻も著作があれば立派な著作家だから、トルストイは五、六人分の文章を書いたことになる。かれは二つの長編小説――『戦争と平和』、『アンナ・カレーニナ』、『復活』――を書いたが、そのうちの一つを書いただけでも、その名が第一級の作家として今も記憶されていることは間違いない。長編を一つも書かずに、『コサック』、『クロイツェル・ソナタ』、『イワン・イリイッチの死』などを書いただけでも、トルストイはゴーゴリ、チェーホフなどと同列に並べられる作家になっていたであろう。かりにトルストイが文学作品をまったく書かず、『懺悔』以後の宗教的、倫理的な論文を書いただけでも、かれの著作は人々の心を動かしたに違いない。

いや、著作などはいっさい残さなかったとしても、トルストイは教育の実践者として、あるいは、精力的な社会活動家として、十分に大きな足跡を残しているのである。

トルストイは人生の鉱脈を掘り下げながら生きた。

トルストイは生まれながらにして、たくさんのものを授けられていた。比類ない文学的天才、強靱な肉体、伯爵の家柄、広大な領地。そしてやがて、かれは自分でも多くのものを手に入れた。作家の名声、莫大な印税、献身的な妻、たくさんの子どもたち。かれは現世のどんな幸福でも享受できたはずである。

しかし、トルストイはうつろいやすい現世の幸福の底にひそむ、確実なもの、永遠のものを掘り当てようとして苦闘した。幸福について、愛について、真実について、生について、死について、かれは人間に許されるかぎりの深みまで、あるいは人間に許される限界を超えて考えたのである。

トルストイは頑強に生きた。

トルストイは生まれつき自尊心が強く、言い出すと後へひかないたちだった。そのためにかれはたくさんの失敗や挫折もしたし、けんかをしたり、他人に迷惑をかけたり、一度ならず決闘騒ぎまで起こした。

しかし、かれは次第に人格を練り上げ、一般の人たちには広い抱擁力で接し、生来の強情な性格は、闘わなければならない強力な敵に向けるようになった。それが最大限に発揮されたのが、国家権力と宗教権力に対する闘いである。

徒党を組まず、武力を使わずに、トルストイほど頑強に権力と闘った個人は世界の歴史にもほとんどいない。

その長く、広く、深く、たくましいトルストイの生涯について、自分が一冊の本を書くことになろうとは、考えてもいなかった。

私がトルストイの作品を読みはじめてから、もう約半世紀、大学に入って、トルストイを学ぶようになってからでも、四十数年になる。トルストイの生涯について書くのは当然で、むしろ書くのが義務だと、人は考えるかもしれない。しかし、知れば知るほど、トルストイについて書くのは苦しくなる。まして、その生涯全体に取り組むとなると、足がすくむ。トルストイの生涯の重さと自分の無力さが、あまりにかけ離れているからである。私ばかりではない。トルストイ研究者で、『トルストイの生涯』といった著作を残している人は、意外に少ないのである。

それにもかかわらず、あえて私がこの本を書くことに踏み切ったのは、一つには、第三文明社の佐々木利明さんのおすすめと励ましがあったからである。もう一つは、かねてから私の中に「トルストイの生涯は一九一〇年に終わってはいない。トルストイの生涯は未完結だ」という思いがあったからである。平和の問題にしても、真の信仰の問題にしても、愛や性の問題にしても、トルストイが提出した問題は、何ひとつ本当には解決されていない。トルストイの提出した問題が未解決であり、トルストイの生涯が未完結だとすれば、トルストイは現代もまだ「生きている」に違いない。

偉人の墓に花をささげ、香をたくのは退屈である。しかし、「生きている」人について語るとすれば、たとえ声の低い言葉でも、今真剣に生きている人たちの耳に届くかもしれない。そう思って、私はこの本を書く筆をとったのである。

なお、この本の原稿のモニター、校正、年譜の作成は、現在早稲田大学大学院でトルストイ論を執筆中の、新進のトルストイ研究者能見孝一氏にお願いした。

一九九二年九月十日

藤沼　貴

付記　この本で使われている日付は、革命前のロシアで使われていた古い太陽暦（ユリウス暦）に全部統一した。現行の太陽暦(グレゴリウス暦)に換算するには、十九世紀の場合は十二日、二十世紀の場合は十三日を足せばよい。

目次

［画像出典］

（p.3/p.26/p.38/p.52/p.66/p.84/p.120/p.154/p.172/p.220/p.234）

Л.Н.ТОЛСТОЙ. Документы. Фотографии. Рукописи. Москва Планета 1995

（p.14）

Wikipedia / Vadim Razumov.

（p.100）

Русский:Крестьянские дети у крыльца сельской школы деревни Ясная Поляна.1875

（p.138）

Крамской Иван Николаевич《Портрет писателя Льва Николаевича Толстого》

（p.190）

Иллюстрации Л. О. Пастернака к роману Л. Н. Толстого "ВОСКРЕСЕНИЕ".

（p.204）

Manchester Guardian October 5, 1908.

一　トルストイの故郷と家系

ヤースナヤ・ポリャーナ

十九世紀ロシア文学、というより世界文学の最高峰であり、十九世紀末から二十世紀初頭にかけて、世界の精神的支柱だったレフ・ニコラエヴィチ・トルストイは、一八二八年八月二十八日、曾祖父の時代からの領地、ヤースナヤ・ポリャーナで生まれた。トルストイ家はロシアの名門伯爵、レフはその四男であった。

レフという名前は、ほかのヨーロッパ諸国のレオやレオンなどと同じで、百獣の王「ライオン」を意味している。両親をはじめ、まわりの人たちは、新しく生まれた子どもが「獅子王」のように強く、勇敢で、誇り高い人間に育ってほしいと願って、この名をつけたのかもしれない。とすれば、その願いは十分にかなえられる運命をもっていたことになる。名前の後についているニコラエヴィチは、いわゆる父称で、ロシア人のフル・ネームは必ず名前、父称、姓の三つの部分から成り立っている。父称は父親の名を示すものだから、ニコラエヴィチという父称は、トルストイの父親の名前がニコライだったことを示している。ちなみに、トルストイという苗字はロシア語の「太った」という形容詞に由来するもので、トルストイの祖先に「太っちょ」とあだ名されるような体格の者がいたのだろう。すぐ後で述べるように、トルストイ家は頭脳優秀な家系だったが、肉体的にも恵まれた素質をもっていたのかもしれない。少なくとも、トルストイその人はたぐい稀《まれ》な精神と、たぐい稀な頑健な体を生まれもっていた。

トルストイが生まれ、育ち、八十二年の長い生涯のうちのほぼ五十年を過ごし、今は、トルストイ博物館のある名所としても名高いヤースナヤ・ポリャーナは、モスクワから南へ二百キロほどのところにある。ヤースナヤ・ポリャーナはロシア語で「森の中の明るい草地」という意味だが(語源的には「ヤーセンナヤ・ポリャーナ」、つまり、「とねりこの生えた草地」の意味だという)、その名にふさわしく、よい気候と豊かで美しい自然に恵まれ、明るい感じにあふれた田園である。大体は平坦に開けた土地だが、適度な起伏もあり、森も、池も、川もあって、さまざまな動物や鳥も生息している。まさに『戦争と平和』や『アンナ・カレーニナ』を生み出し、愛と反暴力を説いた巨人の故郷にふさわしい、平和で、ゆったりして、しかも、生気にみちた雰囲気をただよわせている。

ヤースナヤ・ポリャーナは、いくつかあったトルストイ家の領地の一つだったが、のちに遺産相続の際に、トルストイは自ら希望してこの村をゆずり受けた。農地としては、それほど有利な土地ではなかったと言われているから、トルストイは特別の愛着をこの土地にもっていたのであろう。この村の当時の人口については、はっきりした資料がないが、登録農奴(成年男子のみ)が二百数十人だったことがわかっているから、住民全部でおよそ千人ぐらいだったと推測される。面積は約千ヘクタールもあった。トルストイはこの広い村を自分の庭のように、自由に支配できる大地主の伯爵家に生まれたのである。それは当時のロシアの農民はもちろん、現代の世界の平均的な市民から見ても、夢のように恵まれた境涯である。

だが、実は、その奥に大きな苦しみや重荷がひそんでいた。しかし、それについては、この伝記の中で順を追って徐々に話すことにしよう。

トルストイの一門は、すぐ前でも述べたように、ロシアの名門の一つだった。ただ広大な土地や特権的な地位をもっていたというばかりでなく、この一門からは有能な人物が輩出している。レフ・トルストイより十歳ほど年上で、『白銀公爵』、『吸血鬼』などの作品で有名な作家A・K・トルストイ。革命前後に活躍し、大作『苦悩の中を行く』や『ピョートル一世』を書いたA・N・トルストイ。レフ・トルストイの同時代人で、政府の要職を歴任し、弾圧政策で悪名をはせたD・A・トルストイ。二十世紀前半のフォークロア研究家I・I・トルストイなど、枚挙にいとまがない。現在、才能ある女流短編小説家として、注目を集めているタチヤーナ・トルスタヤも、トルストイ家の一族だという（ロシア語では、苗字も性や数によって変化するので、トルストイの女性形はトルスタヤとなる）。ロシアばかりでなく、どこの国でも、これほど長い期間にわたって、これほどたくさん第一級の人物を生み出した家系はそう多くない。

この血統的にすぐれたトルストイの祖先は、ドイツ人だったと伝えられており、トルストイ自身も、トルストイの忠実な弟子で、膨大な『トルストイ伝』を書いたビリュコフも、それを信じていた。十七世紀末、トルストイ家が政府の系図局に提出した書類によると、トルストイ家の祖先はインドリスというドイツ人で、一三五三年にはるばる神聖ローマ帝国から、三千人の家来を引き連れて、南ロシア（現在のウクライナ）に来たのであり、そのことはチェルニゴフ（ウクライナの都市）の年代記に記されているという。しかし、この伝説は現在では信じられていない。今の歴史の常識から考えると、外国人が神聖ローマ帝国から、途中にあるたくさんの国を素通りして、ロシアに来る理由もわからないし、三千人もの人間が千キロの長旅を無事にすませるのも、当時の事情では容易でなかったと思える。それに第一、チェルニゴフの年代記なるものが存在しないことが、今では明らかになっているのだから、伝説の根拠そのものがなくなってしまう。しかし、この伝説は、あながちナンセンスとして無視できない、それなりの意味をもっている。

トルストイはロシアのドヴァリャニン、つまり、貴族だった。ドヴァリャニンというロシア語は、十九世紀の場合、とくに、トルストイ家のようなレベルの場合には、「貴族」と訳されるのが普通である。しかし、別の場合には、同じ語が「士族」と訳されることも少なくない。それも当然で、ドヴァリャニンという語は、もともとドヴォール（宮廷、殿中）に勤務する廷臣や軍人のことだった。日本で言えば、ちょうど殿様に仕える侍のようなものである。十三〜十四世紀からモスクワ公国を中心に封建的分立が解消され、ロシアの統一が実現されていく過程で、各地の諸侯はモスクワ公国に帰順して、大貴族（ボヤーリン）の地位を得ることができた。ところが、イワン雷帝をはじめ、歴代のモスクワ公（のちには、それがロシアの皇帝となった）は中央集権を強化するため、かつての諸侯だった大貴族の力をそいで、自分の廷臣（ドヴァリャニン）たちを国政の中心にすえ、特権を与えるようにした。その結果（と言っても、長い歴史的過程の末だが）、身分の低かったドヴァリャニンの一部が、大貴族と同等の特権を獲得できるまでになった。事情はだいぶ違うが、徳川家が前田、伊達、島津などの外様《とざま》大名の力を抑えるために、酒井、井伊、本多などの家臣を譜代《ふだい》大名に登用したのに、いくらか似ている。

トルストイ家は歴史にその名が現れるようになった十六世紀でも、まだ位の高くない廷臣だったから、それ以前はもっと低い身分だったと思われる。三千人の家来を引き連れて、外国から乗り込んで来るような羽振りのよさはなかったはずだ。そのトルストイ家が大げさな伝説をこしらえて、政府にまで届け出たのには、少なくとも、二つの理由があった。その一つは、トルストイ家ばかりでなく、一般に、ドヴァリャニンたちは、国政の表舞台に立つようになり、大貴族たちと張り合えるようになった時、自分の家柄を実際よりよく見せ、大貴族たちに引け目を感じないようにしようと努めたことである。第二の理由は、ロシアと西欧の関係が緊密になり、ロシアがもはや「東方の野蛮国」の地位を脱して、ヨーロッパ文明の輪の中に入ろうとした時、ある程度の地位にあるロシア人は、自分たちがロシアの森から這い出てきた熊のような田舎者ではなく、西欧にルーツをもつ文明人だと思いたがるようになったことである。系図局に書類を提出した家のうち、祖先が純粋のロシア人だと報告したのは、たった七パーセントにすぎなかったという。

立派な系図を創作して、家系に箔《はく》をつけるのは、いつの世のどこの国にもある。だが、トルストイ家の場合は、ただの虚栄ばかりでなく、これから国の将来を背負って立とうとする、新興階級の気負いのようなものが感じられる。それから百年以上もたって生まれたトルストイ自身は、もうドヴァリャニンたちの上昇が頂点に達し、下り坂に向かう時代の人間だったから、祖先たちのような気負いはもっていなかった。かれは自分の一族にまつわる伝説を、そのまま信じてはいたものの、祖先たちのように、それに特別の意味を感じていたわけではない。トルストイばかりでなく、かれと同時代のドヴァリャニンたちは、自らの階級に対して、祖先たちとはまったく違う意識をいだいていたのである。だが、それについて述べる前に、トルストイのもう一方の祖先、母方のヴォルコンスキー家のことに触れておこう。

ヴォルコンスキー家もロシアの名門だが、モスクワ公の家臣の出だったトルストイ家と違って、封建諸侯の一人であるチェルニゴフ公から発していた（偶然の一致だが、トルストイ家の祖先がドイツからやって来たのが、まさにチェルニゴフ公国だった）。その血筋は遠く、ロシア国家の開祖リューリックにつながっており、爵位もその由緒にふさわしく、トルストイ家のもつ伯爵位より、もう一つ上の公爵だった。しかし、表面的にこのことだけを見て、トルストイの母方の祖先を、単純に特権的な上流貴族だったと考えてはならない。日本の徳川時代などでも、領主（殿様）がいろいろな理由で領地を失い、没落した例はたくさんある。ロシアでも似たようなもので、ヴォルコンスキー家もなんらかの事情で没落し、一時は歴史の舞台から消えてしまう。ふたたびその名が歴史に現れるのは、ようやく十七世紀になってからのことである。とくに、トルストイの直系の祖先の名が輝きはじめるのは、曾祖父セルゲイの代、つまり、十八世紀に入ってからになる。トルストイの生地ヤースナヤ・ポリャーナも、このセルゲイが一七六三年に手に入れたのだった。言いかえれば、ヴォルコンスキー家はそのルーツこそ封建領主だが、ずっと特権貴族の地位を維持できたわけではなく、いったん没落し、比較的新しい時代になってふたたび、努力と才能で下から這いあがってきたのである。その意味で、ヴォルコンスキー家の人々は、実質的にドヴァリャニンと同じであった。

トルストイの祖先は、自分たちが成り上がり者であることを隠し、家柄の由緒ただしさを誇示しようとして、どうやら系図まで創作したらしい。しかし、貴族の末裔《まつえい》として、十九世紀に生まれたトルストイには、もはや家柄のよさや古さを誇ろうという意識はなかった。かれは逆に、自分の祖先がもともと平凡な身分の人間であり、才能と努力で国家と民衆のためにつくし、その結果、立派な地位をかちとったことの方を誇ろうとした。

前に述べたように、ロシアのドヴァリャニンは家臣から身を起こして、次第にその地位を高め、いろいろな特権を得るようになった。はじめ勤務の報酬として与えられていた領地は、十八世紀の間に次第に世襲領地に変わり、一七六二年には、いわゆる「貴族の自由令」が出て、ドヴァリャニンの国家勤務の義務が廃止されてしまった。その結果、もはや貴族と呼ばれるにふさわしいドヴァリャニンたちは、親から土地と農奴を遺産としてもらい受け、勤めもせずに、豊かな生活と自由を享受できるようになった。それはドヴァリャニンたちの長年の夢の実現だった。しかし、その幸福は農奴制という差別制度の強化の上に成り立っていたし、完全な自由とは、周囲との結びつきを失って、社会の中で存在理由を喪失することを意味していた。だから、十九世紀のロシア貴族は、繁栄の頂点に達するとまもなく、農民を食いものにしながら、なすべもなく破滅を待ち受ける「余計者」に転落していく。しかも、貴族の生活の基盤だった農奴制そのものの崩壊も、避けられなくなる。トルストイははじめ良心をもつ貴族たちは、この破滅の歴史的運命を深刻に受けとめ、社会の構造的な変革について考えると同時に、破滅の運命を背負った自分たち自身を根本的に変革せずには、真の救いはないことをひしひしと感じていた。

だが、一方、トルストイはひそかに、自分たちの存在がもともと無意味や罪悪だったはずはない、自分たちが今ここに存在しているのは、それだけの理由と価値があったからだ、と思わずにはいられなかった。その思いが、実力でのしあがった祖先に、トルストイの目を向けさせた。だから、かれが本当に尊敬をもって思い起こした祖先は、父方のピョートル・トルストイと母方のニコライ・ヴォルコンスキーより昔にはさかのぼらない。この二人はどちらも才能と努力の人で、ピョートル・トルストイはピョートル大帝時代（十八世紀初め）に活躍して重臣となり、伯爵位を得た人であり、ニコライ・ヴォルコンスキーはエカテリーナ二世時代（十八世紀後半）に活躍して、陸軍大将になった人だった。トルストイは古い「家系」ではなく、こうした祖先たちの「行為」を誇り、自分がそういう人々の子孫であることを誇りたかったのである。

こうして、トルストイの中で、自分自身の生と、自分の家系と、ロシアの歴史とが、切り離すことのできない形で、しかも、悔恨と誇りを織りまぜた、複雑な形で結びつく。トルストイの大作『戦争と平和』は、ロシア史の栄光の一ページであるナポレオンとの戦いを題材にしている。その中で実に印象深く描かれているニコライ・ボルコンスキー公爵は、祖父ニコライ・ヴォルコンスキー公爵をモデルにしたものだし、そのほかにも、トルストイの祖先を原型とした人物がたくさん登場している。また、完成しなかったが、トルストイはピョートル大帝時代の歴史小説も書こうとしたことがあり、その中の人物の一人として、ピョートル・トルストイを思い描いていた。

ロシアの歴史と社会――それはトルストイにとって、外面的なプロセスや客観的な存在にとどまらず、かれ自身の骨肉に食い入っているものだった。だから、歴史や社会はかれ自身の内面を見る鏡であり、かれ自身の内面は歴史と社会へ踏み入るための砦《とりで》であった。トルストイの作品をすべて一種の「日記」と見る考え方がある。たしかに、トルストイの作品は自分の魂を開き示した「魂の告白」という意味で、「日記」と言えるかもしれない。だが、一人の個人の枠を超えて、社会や、民族や、その歴史にかかわったという意味では、かれの作品は「日記」ではない。それは民族の「歴史」でもあり、社会の「記録」でもある。そして、そのことはトルストイの魂の「日記」を、人類の魂への普遍的な呼びかけとする可能性を開くのである。

二　幼・少年時代の幸福と悲しみ

母マリアのシルエット

父ニコライの肖像

トルストイは幼年時代を生地ヤースナヤ・ポリャーナですごした。第一章で書いたように、この辺りは美しく、豊かな自然に恵まれている。しかも、それはただ美しい風景や恵まれた自然環境というだけではない。ヤースナヤ・ポリャーナには広大な農地や森林があり、そこでは農民たちが働いていた。その土地と農民の労働は多くの富を生み出し、トルストイ家の生活を支えていた。昔と今では生活様式も違い、貨幣価値の基準も違うので、ヤースナヤ・ポリャーナでの収入を単純に現在の貨幣価値に換算することはむずかしい。しかし、千ヘクタールの土地と数百人の農民が生み出す富は、もちろん莫大で、その中からトルストイ家に入る収入も巨額だった。両親の時代のトルストイ家には、ヤースナヤ・ポリャーナ以外にもたくさんの領地があったから(トルストイは五人兄妹で、子どもたちは両親の財産を五分の一ずつしか相続できなかった)、その年収は、おそらく、現在の日本の金額にすれば、億単位のものだったと思われる。プライベートな資料によると、一八三七年のヤースナヤ・ポリャーナの収入は六七一〇ルーブル、トルストイ家の領地全体からの収入は四万四〇一九ルーブルだったという。かりに当時の一ルーブルを二万円として計算すれば、ヤースナヤ・ポリャーナの年収は約一億三千万、トルストイ家の総収入は九億円ほどになる。

当時のトルストイ家程度のロシア貴族の日常生活を知るためには、どんな資料より、『幼年時代』、『少年時代』、『アンナ・カレーニナ』など、トルストイ自身の作品を読むのがいい。二、三十部屋もある広大な邸宅、高価な家具調度、大勢の召使い、住み込みと通いの家庭教師、音楽のお稽古、オーケストラつきのダンス・パーティー、たくさんの猟犬と勢子《せこ》たちを従えた狩猟……こんな生活なら、数億の生活費がかかっても不思議ではあるまい。それに、貴族ともなれば、肉体労働はもちろん、身のまわりの雑用もいっさいしない。炊事、洗濯、掃除、衣類の整理など、すべて召使いがやってくれる。美容院にも、床屋にも、仮縫いにも、病院にも行く必要がない。召使いでできないことがあれば、それぞれの専門家が家まで来てくれるからである。貴族の女性たちも編み物をしたり、ジャムを煮たりしたが、それは楽しみの一種でしかなかった。

日本、アメリカ、ドイツなど、現代の先進諸国は物質的に飽和し、物の洪水にひたされている。しかし、トルストイ家のレベルの十九世紀ロシア貴族は、それ以上に物質的に恵まれていて、欲しいものはなんでも手に入った。自動装置こそなかったが、「コーヒー！」とさけべば、たちどころにコーヒーがテーブルにのせられ、家に帰れば、さっと召使いがドアをあけてくれる。いたるところに生きたオートメがあるようなものだ。生牡蠣《なまがき》をフランスから取り寄せることなどは当たり前で、トルストイの祖父はワイシャツをオランダへクリーニングに出したとさえ言われている。その生活を贅沢三昧《ぜいたくざんまい》と呼ぶのが耳ざわりだとすれば、「超豪華」とでも言うほかはない。トルストイ家ばかりでなく、当時のロシア貴族は収入も多かったが、支出はそれ以上に多く、トルストイ家をふくめ、たいていの貴族は領地を抵当に入れて、借金生活をしていた。つまり、カードの家のような頼りない経済的基盤の上に、はなやかな消費生活が繰り広げられていたわけで、この点でも当時のロシア貴族は現代の生活を先取りしていた。しかし、子ども時代のトルストイに一家の生活の裏側が見えるはずもなく、ただ表面の豊かさを満喫しているだけだった。後半生のトルストイの道徳的に厳格で、禁欲的な生活を高く評価するトルストイ崇拝者たちは、前半生のかれの飽食の生活について語りたがらない。

しかし、トルストイが豊かな境遇に生まれて、子どもの間はその豊かさを無意識に享受し、おとなになってからも、しばらくは浪費の癖が抜けず、結婚後はむしろ、物質的な富を増大させるように努力したことは事実である。今ここでわれわれに必要なのは、まずその事実を認めることであり、急いでその意味を問いただしたり、善悪を判断することではない。そのような価値評価はこの伝記でも、必要な個所で順を追ってなされるはずである。

豊かな自然、恵まれた物質的環境のほかに、トルストイの幼年時代の生活を支えてくれた要件が、もう一つあった。それは、トルストイのためにさまざまなことをしてくれる身近な人たちである。その第一は、タチヤーナ・エルゴーリスカヤ叔母さんだった。すぐ後で述べるように、トルストイは二歳になるかならないうちに母親をなくし、その代わりをつとめてくれたのがエルゴーリスカヤ叔母さんだった。かの女はトルストイの祖父の妹の娘で、両親に死なれた後、トルストイ家に引き取られ、養女というより、寄食者として暮らしていた。

昔は日本でも、裕福な家庭には、このような境遇の人たちがよくいたが、たいていはその家に気がねをして、肩をすぼめて生きていたものである。のちにトルストイとこの叔母がかわした手紙などを見ると、トルストイはかの女に甘えきっていたし、叔母の方もトルストイのわがままを、いつも聞いてやっていたことがわかる。母親はわが子に対して、優しさと同時に、厳しさをもっているものだが、母親の代役であるエルゴーリスカヤは、どうもトルストイを甘やかしすぎていたようだ。かの女は『戦争と平和』のソーニャのモデルと言われているが、もしかすると、ソーニャのようにもともと、やさしく献身的な女性だったのかもしれない。

トルストイ自身がのちに書いた回想記から判断すると、かれが子どもだった頃、屋敷には十五人以上の召使いがいた。かれらは皆、トルストイの日々の生活になくてはならない者たちだった。しかし、トルストイと多少とも密接な人間関係があった者となると、女中頭のプラスコーヴィヤ・イサーエワただ一人にすぎなかったようだ。女中頭といえば、召使いの筆頭で、主人一家に近い立場にあり、子どもたちとの接触も多かったのである。トルストイの回想によれば、かれの処女作『幼年時代』の優しいばあやナターリヤ・サーヴィシナは、プラスコーヴィヤをモデルにして、「かなり正確に描いた」ものだという。かの女はご主人一家の子どもたちに対して、エルゴーリスカヤなどよりむしろ厳しい面をもっていたようだが、全体として、農奴制時代のロシアの典型的な召使いだった。トルストイは『幼年時代』のナターリヤ・サーヴィシナについて、「その一生は純粋で無私な愛と自己犠牲」であり、一家に「強くて、よい影響を与えた」と言っている。現実のプラスコーヴィヤ・イサーエワも、同じように忠実で、献身的な召使いだったに違いない。

一般の召使いとは少し違った立場の使用人で、トルストイと結びつきの深かったのは「住み込み家庭教師」のドイツ人、フョードル・レッセルである。「家庭教師」といっても、レッセルはドイツ語が話せるだけが取り柄の教養のない男だった。トルストイ自身の言葉では、『幼年時代』の人物カルル・イワーノヴィチはレッセルをほとんどありのままに描き出したものだったが、カルル・イワーノヴィチは伯爵の婚外子と自称しているものの、真偽のほどはわからず、確実なのは農民の出身で、脱走兵だったことだけである。十八世紀以後、ロシアの上流階級では、外国人の家庭教師を雇うことが流行になったが、教師にふさわしい外国人がそれほど多くロシア国内にいるはずもなく、大半の外国人教師の知的水準は低く、素行もあやしげな者がいたらしい。レッセルもご多分にもれず、知識人ではなかったが、救いは性格が善良素朴で、トルストイにやさしくしてくれたことだった。トルストイは後になってレッセルのことを、好意と多少の感謝の念をもって思い起こしている。

ほんの少し視野を広げれば、貴族階級が破滅に向かい、農奴制が崩壊しかかっていることは、容易に見てとれたはずだし、その不安と緊張は幼いトルストイの身近にもせまっていたはずである。貴族たちの領地はほとんどすべて抵当に入っていて、その豪華な生活は実は借金で支えられていた。地主と農民の関係も容易なものではなかった。しかし、今のところ、エルゴーリスカヤ叔母さん、プラスコーヴィヤ・イサーエワ、レッセルたちにしっかりとガードされ、世間の荒波からへだてられて、トルストイは平和で、調和した環境の中で生きていた。その環境はごく小さな輪にすぎなかったが、幼いトルストイはそれ以外の生活を知らず、世界全体が自分の身のまわりのような、平和と調和にみちていると思っていたのであろう。

『幼年時代』でトルストイはわざわざ「幼年時代」という一章をとくにもうけて、こう言っている。「幸せな、幸せな、二度と返らぬ幼年時代！　どうしてその思い出を愛し、いつくしまずにいられよう？　その思い出は私の魂を清め、高め、私にとってこの上もないよい楽しみの源《みなもと》になってくれている」。トルストイの現実の幼年時代は、小説の幼年時代ほど理想的なものではなかっただろうが、それでもやはり、それが平和と調和の世界だったことは否定できない。

だれでも子ども時代は平和で幸福だ、という言い方もある程度はできる。しかし、全体として恵まれていた、十九世紀ロシアの他の貴族出身の作家の場合を見ても、トルストイほど平安な幼年時代を体験した人はいない。プーシキンの家は没落貴族で、経済的に不安定だったし、ツルゲーネフ家はトルストイ家より裕福だったが、両親の不仲と、横暴な女地主だった母の非人間的な言動が、幼いツルゲーネフの心に傷を負わせていた。

はっきり意識する、しないにかかわらず、多くの人は自分自身の「世界像」をもっているように思われる。それは「世界はこうあるはずだ」、つまり、世界はもともとこうであった、あるいは、こうあるべきだという、世界についてのイメージである。その世界像が形成されるのは、外部からの影響によってなのか、体験によってなのか、経験を超えた内在的なものによるのかよくわからない。だが、少なくともトルストイの場合は、平和と調和の状態が基本的な世界像であり、かれはそのような世界を人間の原初的な状態とも考え、ふたたび人間が到達しなければならない理想の状態とも考えていたようである。そして、その世界像はさまざまな思想的影響や、思索や、かれの気質の生み出したものであると同時に、現実のかれの幼年時代の体験ともなんらかの形で結びついていたと思われる。このトルストイの世界像は闘いや権力の、いわば、ハード・パワーに支配される世界ではなく、愛、平和、調和などのソフト・パワーにもとづく世界だった。トルストイの思想と行動にどれほど振幅があったにしても、かれは生涯を通じて一度もこの世界像の外へ踏み出したことはない。

先に一言触れたが、トルストイの母マリアは長女で母と同名のマリアを産んだ後まもなく、一八三〇年八月に、そのお産がもとで死んでしまった。トルストイがちょうど二歳になろうとする頃だった。それから数年後、一八三七年六月に、父もトゥーラ市の路上で死んでしまった。死因は脳出血とされたが、土地の係争問題などにからんで、よくない噂もささやかれた。トルストイはその時まだ九歳になっていなかった。こうして、トルストイは実質的に母を知らず、しかも、ごく小さいうちに孤児になってしまった。これは外面的に幸福だったトルストイの幼年時代に、大きな影を落とした。

母性的なソフト・パワーを世界の原理にしようとしたトルストイが、エルゴーリスカヤ叔母さんというかけがえのない代役を得て、深い傷を負わずにすんだとはいうものの、母の愛を知らなかったことは、一見不思議な気もする。しかし、『幼年時代』などを読むと感じられるように、母をもたなかったことが、世界の中心となるべき母のイメージに対する憧れと、創作の世界の中で「母」を探求しようとする情熱を、いっそうトルストイの心にかき立てたように思える。

つまり、トルストイの母性的なソフト・パワーの原理の世界は、さまざまな思索と影響のほかに、平和な幼年時代の幸福な体験と、母の不在という不幸な体験によって成り立っているのである。

三　大学生活とその挫折

学生時代のトルストイ（作者不詳　1847年以前）

一八三七年初め、トルストイが八歳の時に、一家はモスクワに引っ越した。といっても、ヤースナヤ・ポリャーナ、その他の領地も、屋敷もそのままで、いつでも田舎に帰ることができた。だから、転居というより、生活の中心がモスクワに移ったという方が正しい。この移転は子どもたちの教育のためだったと言われているが、父親が田舎の生活より、大都市の社交生活を好んだのが、最大の理由かもしれない。いずれにしても、生まれてからずっと、ヤースナヤ・ポリャーナの平穏な小さい輪の中で暮らしてきたトルストイにとって、この移転は大きな転機になった。しかも、すでに書いたように、モスクワに移ってすぐ、同じ年の六月に父が急死してしまった。数年のうちに相次いで両親を失って、トルストイ兄妹は孤児になったわけで、このことはもちろん、兄妹の身の上に大きな変化をもたらした。

トルストイたちは孤児になると同時に、莫大な遺産の相続人になった。しかし、長兄のニコライもまだ十四歳になったばかりで、兄妹は五人とも未成年者だったので、後見人がつけられた。後見人になったのは、父のいちばん上の妹アレクサンドラ（結婚後の姓はオステン＝サッケン）と父の友人ヤズイコフで、後見の実権は叔母のアレクサンドラの手にあった。だが、この叔母は財産管理や農業経営の才覚も、子どもの教育についての見識もなかったらしい。そのため、トルストイ家は一家の心棒を失って、たちまち不安定になり、今まで無理算段をして、うわべをとりつくろってきた家計のもろさも、一挙に表面に吹き出してきた。おまけに、トルストイ家がモスクワに移った時に頼りにしていた祖母のペラゲーヤ・ニコラーエヴナが一八三八年に、後見人のアレクサンドラまでが四一年に死んでしまった。その上、トルストイにとっては、教師というより、やさしいじいやだったレッセルとも別れる羽目になった。というのは、両親のいない子どもの家庭教師として、無学なレッセルではあまりにも頼りないと見た周囲の人たちが、フランス人のサン・トマを新たにトルストイの教育係に雇い入れたからである（その後のレッセルの消息はよくわからないが、しばらくトルストイ家で飼い殺しにされた後、くびになったらしい）。サン・トマは多少の教養はあったようだが、それを鼻にかけ、しかも、トルストイと気の合わないタイプだった。そのため、いちばん身近な存在の住み込み家庭教師とトルストイの関係は、レッセルの時とは一変して、憂鬱なものになってしまった。

トルストイは、『幼年時代』につづいて書いた『少年時代』の中で、「人生のある時期に、自分のものの見方がすっかり変わっていくのに気づいた」時を、「少年時代のはじまりと見る」と言っている。そのような変化がトルストイ自身には、一八三七年（モスクワ移転と父の死の年）か、その後数年の間に起こったに違いない。それまでヤースナヤ・ポリャーナの地主屋敷の小さな輪の中でいとなまれていた、愛と調和の幼年時代の世界は崩壊し、利害、争い、力、差別、偽善など、現実社会の実相が次々にあらわになってきた。その時から一生の間、トルストイは一般社会と妥協せず、自分自身の幼年時代の愛と調和の世界を再建しようとしつづけた。少年時代以降、次第に世界の実相に接するようになったトルストイは、幼年時代の「理想的」な世界が虚像にすぎなかったことをさとったであろう。だが、それにもかかわらず、いや、それだからこそ、かれは現実と闘いながら、幼年時代の愛と調和の世界を、実像として、現実の中で再現したいと願ったのである。

後見人のアレクサンドラが死去した後、父のもう一人の妹で、アレクサンドラより二歳年下のペラゲーヤ・ユシコーヴァが後見人になった。ペラゲーヤは悪人ではなかったが、平凡な女性で、後見人としては、アレクサンドラ以上に頼りにならなかったという。それ以上に困ったのは、かの女が夫の領地のあるカザンに住んでおり、後見を引き受ける条件として、トルストイ兄妹がカザンに移るように要求したことだった。ヤースナヤ・ポリャーナからカザンに行くのは、モスクワへ行くのとはわけが違う。モスクワまでなら二百キロほどだが、カザンまでは千キロもあるという物理的な距離だけの問題ではない。ヤースナヤ・ポリャーナとモスクワなら、大都市と農村の違いはあっても、同じ純粋なロシアの生活と文化を共有している。

それにひきかえ、ボルガ川の岸に位置するカザン市は、もともとロシアの町ではない。それは十三世紀にタタール人によって建設されたアジア人の町で、十五世紀にはカザンハーン国の首都となり、この地域のイスラム文化の中心となった。イリン四世（雷帝）はロシア帝国拡張、東方攻略のため、カザン占領を悲願とし、二度の失敗の後、ようやく一五五二年に自ら出撃してこれを陥落させ、カザンハーン国の併合にも成功した。それがきっかけとなって、交通の大動脈ボルガはロシアに支配されることになり、やがて「ボルガ、ボルガ、ロシアの母。ボルガよ、ロシアの川よ」と歌にまで歌われるようになった。このことはロシアにとって、実質的に大きな意味をもっていたばかりでなく、帝国の発展を象徴する事件でもあった。

モスクワのクレムリン前の赤の広場に、色とりどりの八つの塔をもつ、ひときわ目立つ建物が立っている。これはカザン占領直後、それを記念して建てられたポクロフスキー聖堂（通称ワシリー・ブラジェンヌイ聖堂）である。また、十八世紀の詩人ヘラスコフが書いたロシア最大の叙事詩『ロシアーダ』は、カザン占領をうたったものだった。これらのことだけからも、ロシア人にとって、この歴史的事件がどれほど誇らしいものだったかが、うかがい知れる。しかし、カザンハーン国が消滅した後も、カザン市はアジア的、イスラム的特徴をたもちつづけた。

カザン市は現在、ロシアからの離脱を宣言したタタルスタン国の首都であり、この地方の住民の半数以上はタタール系の人である。そして、その人たちにとっては、ロシアの栄光であるカザン占領は、苦い屈辱の思い出でしかない。人並みはずれて鋭敏で、多感だった少年トルストイがこの「異境の」町に来て、どんな違和感を味わったかは、容易に想像できる。モスクワに出たことで、自分の原点だった幼年時代の世界から切り離されたトルストイは、カザンに来たことで、いろいろな意味で、異質な世界に投げ出されてしまったのである。

その上、トルストイはカザンに行くことで、第二の母エルゴーリスカヤを失うことにもなる。かの女は、カザンに来るようにユシコーフ家からすすめられたのだが、それをことわってしまった。ペラゲーヤ叔母さんとエルゴーリスカヤは仲が悪く、その原因の一つは、ペラゲーヤの夫ヴィクトルが結婚前に、エルゴーリスカヤを愛していたからだという。こうして、モスクワ行きの時に、ばあやのプラスコーヴィヤとレッセルという、外界に対する二つの防波堤を失ったトルストイは、その直後に父と祖母を亡くしたあげく、今度は最後の防波堤エルゴーリスカヤからも引き離され、異境の地に投げ出されたのである。その時トルストイは十三歳、ちょうど人格形成のはじまる年頃だった。モスクワに出た後に現れた、トルストイの精神的苦闘の芽は、こうした風土と気候にさらされて、双葉を伸ばしはじめるのである。

トルストイは一八四一年十一月から四七年四月まで、約五年半カザンで生活した。その前半については、ほとんど資料が残っておらず、具体的なことはわからない。多分、表面的にはあまり特別なことはなく、当時の貴族の例にならって、住み込み教師や通いの家庭教師を相手に、勉強や教養と、社交生活のまねごとのような生活をしていたのだろう。その頃トルストイが書いたフランス語のノートが残っているが、のちの悪筆で宿題ぎらいのトルストイからは想像しにくいほど、きちんと書かれている。きっと、当時のトルストイは内気で、おとなしい子どもだったのだと思われる。しかし、その内部では激しいいいとなみが渦巻いていたに違いなく、それはまもなく大学生活の中ではっきり現れてくる。かれは一八四四年九月から四七年四月まで、カザン大学に在学したが、その学生生活はトルストイのその後の生涯を予告するように、波風の激しいものだった。

カザン大学は一八〇四年の創立で、一七五五年創立のモスクワ大学をのぞけば、もっとも古いロシアの大学であり、高等教育の中心地の一つだった（一七二五年、ペテルブルグにいわゆるアカデミー大学ができたが、実際に大学として機能したことはなく、現在のペテルブルグ大学が創設されたのは、一八三六年のことだった）。非ユークリッド幾何学の創始者として、世界的に有名な数学者ロバチェフスキーはこの大学の初期の卒業生で、一八二七年から十九年間、学長の職にあった。つまり、ロバチェフスキーの学長在任の末期に、トルストイが在学したことになる。

しかし、カザン大学を有名にしたのは、この大学を卒業した人ではないと、皮肉まじりに言われることもある。なにしろ、ほかならぬトルストイがこの大学の中途退学者だし、それから約半世紀後には、かのレーニンが政治活動をして、退学させられている。同じ頃、未来の作家ゴーリキーは、カザン大学に入ることを夢見ながら、貧乏のためにはたせず、その貧困と苦闘の生活を小説に書いて、『私の大学』という逆説的な題名をつけたのだった。豊かな志のある若者が大学の塀の外に立たされたということは、トルストイの生涯を考える上でも、すこぶる暗示的である。

トルストイは一八四四年に、この大学の東洋学部アラブ・トルコ語科に入り、翌年法学部に転部したが、成績はさんざんで、四七年には退学してしまった。トルストイの学生生活をめぐっては、たくさんの問題点があるが、とくに、学部選択の動機と、極端な成績不振がわれわれの関心をひく（退学も重要なことだが、これは成績不振の結果ととらえればよいであろう）。まず、学部の選択について言えば、十五歳の少年が自分の将来について、それほど現実的な見通しをもっているわけはなく、学部選択なども気分的なものでしかないという一般論を、この場合もある程度は適用できる。

しかし、トルストイはほかの若者よりは意識的に進学先を選んだと考えられる。トルストイの長兄で、一八四二年に、転居と同時にモスクワ大学からカザン大学に転校したニコライも、翌年カザン大学に入学した次兄のセルゲイとその下の兄ドミートリーも、皆そろって数学科(当時は哲学部に所属)を選んでいた。また、小説『青年時代』の中でも、トルストイは自分に似た主人公ニコーレニカに、数学科を受験させている。トルストイ自身も、もし何かの意図がなければ、数学、哲学、文学など、抽象的で、無難な専門を選んだかもしれない。とすれば、トルストイの「意図」とはどんなものだったのか? かれ自身後になって、このことを何度か回想しているが、断片的な発言にとどまっていて、はっきりしない。

一般的に、当時の貴族の子弟はどんな態度で、大学に入ったかを考えてみると、大別して二通りあった。一つは、勤務者だった貴族(=士族)本来の伝統に従って、大学卒業後、国家に奉職しようとする態度である。もう一つは、国家勤務が義務でなくなった貴族の権利を利用して、自由な地主貴族、あるいは、知識人として生きることにし、大学教育を教養としてとらえる態度である。アラブ・トルコ語科は、いうまでもなく、狭く限定された専門で、まともに進めば、東方関係の外交官かエキスパートになるコースである。のちに転部した法学部も、実際的な学部で、卒業後官吏になることが十分予想される。ということは、大学入学前後の時点で、トルストイは今挙げた二つの態度のうちの第一の方、つまり、国家への奉仕をめざす態度をとっていたことになる。田園を愛し、体制と闘う知識人だったトルストイのイメージからすれば、これは意外に思えるかもしれない。しかし、トルストイは生涯を通じて、全体への奉仕という理念を捨てたことは一度もなく、三十歳ぐらいまでは、それが何度か国家への奉仕という形をとろうとしたのである。

アラブ・トルコ語科を選んだ理由はもう一つ考えられる。カザンの特殊な環境に入って、トルストイはロシア帝国の「栄光」の実態をかいま見、ロシア人の栄光が隣人の屈辱であることを直感し、隣人を理解しようと志したのであろう。隣人への接近――それもトルストイの「全体への奉仕」の願いの一つの現れであった。つまり、トルストイは自分一人のためでなく、広い世界とかかわるために大学に入ったのだと言える。

だが、そのトルストイの立派な願いは、第一歩であえなく挫折する。かれは、一八四四年五月末～六月初めにカザン大学を受験して、落第してしまったからである。フランス語、ドイツ語、アラビア語、トルコ・タタール語は5点法の5、英語、文学、作文、算術、幾何、基礎神学は4だったが、ラテン語は2、歴史は古代、中世、近代、ロシア史すべて最低の1、世界地理、ロシア地理も1だった。これでは、もちろん、合格しない。その後、かれは八月に再試験を受けて（その記録は残っておらず、正規の試験より易しい救済措置だったのではないかと思われる）、九月にようやく入学を許されたのだが、入学後の成績は次のようなものだった。

一八四五年一月　前期試験で、専門のアラビア語は2。文学史は欠席。

同　年五月　歴史の出席日数不足と成績不良のため、学年末試験を受ける資格を失い、留年が決まる。

同　年八月　法学部へ転部し、留年の憂き目をまぬがれる。

一八四六年一月　前期試験で、歴史、文学論がともに2。基礎神学は欠席。

同　年五月　学年末試験の成績が5、5、4、4、4、3、3、3、3で、なんとか合格。

一八四七年一月　前期試験の成績は4、4、2、2。三科目は受験せず、進級不可能が明らかになる。

同　年四月　退学。

なんというひどい成績だろうか。まったく、箸にも棒にもかからぬ劣等生である。いったい、なぜこんなことになったのか？　もちろん、トルストイの素質や能力に問題があったわけはない。トルストイ自身は自分を怠惰と思っていたが、怠け者があれほどの仕事をするはずはないし、大学を中退する前にも日記を書いて、自己管理をしていたほどだった。知力の点でも、トルストイが並みの大学生にもなれなかった、と考えることは到底できない。ただ、試験の成績が示しているように、トルストイは歴史、地理など、概念化や暗記が中心になる科目が苦手で、情報を生きた形で、自分に切実な面で受けとめようとするタイプだった。だから、トルストイの場合、勉強をしようとすればするほど、その興味は授業から離れてしまい、大学が退屈になっていった。

退学直前の日記でかれは「完全に感情をおし殺し、応用にたずさわらず、ひたすら勉強に没頭するつもりはない」と書いているし、老人になってからも「私が法理論に興味をもったのは、人間生活の機構の中で奇妙で、不可解に思われるものを解明」したかったからだ、と回想している。いくつかの伝記などに見られるように、「トルストイはダンス・パーティーやサロンなど、上流社会の遊びにうつつを抜かして、学業がおろそかになった」という説明も、憶測にすぎず、根拠がない。実際に調べてみると、トルストイはほかの学生以上に遊んでいたわけではなく、社交界では不細工で、もたもたしていて、女性にもてなかったことがわかる。むしろ、社交界はトルストイが求めていたものとはまったく異質の世界で、かれは大学に劣らず、社交界にも違和感を感じ、退屈していたのである。

トルストイがいたずらに周囲の世界を忌避した事実は見られず、かれは周囲の世界に入るために、人並み以上の努力をした、いや、悪戦苦闘したと言ってもよい。しかし、かれ自身がもっていた愛と調和の世界像と、大学、社交界、その他、かれの周囲にあった世界は根本的に食い違っていた。若いトルストイは自分の世界に強い自信をもつことはできなかったから、自分を落伍者《らくごしゃ》のように感じて、反省し、悩み、模索した。しかし、そうすればするほど、状態は悪化するばかりだった。そこで、ついにかれはこれまでの生活をひと思いに清算し、新しい生活を自力で切り開く決意をする。それが一八四七年春の大学中退、帰郷の決行である。

四　故郷での農業経営とその失敗

ペテルブルグで（1849年）

一八四七年四月十二日、トルストイは大学に退学届を提出した。すぐ前で述べたようなひどい不成績で、しかも、転部その他、いろいろな策を講じた末のことだったから、退学もやむをえなかった――と言うより、退学しか道はなかったと言う方がいいかもしれない。おまけに、これもすでに述べたことだが、トルストイは自分の意欲に従って勉強すればするほど、学校の授業からは遠ざかってしまうのを感じていた。実は、この年の三月、学生に人気の高い若手教授のメイエルが、なぜか「劣等生」のトルストイに目をかけ、「モンテスキューの『法の精神』とエカテリーナ二世の『法令』の比較」という興味深いテーマを与えて、勉強をすすめてくれた。トルストイも熱心にこのテーマに取り組んで、エカテリーナの権力政治の裏側をのぞき見たりしたが、それは逆にかれを大学から引き離してしまった。

退学はやむをえない事態だったとしても、トルストイはただ大学をやめるだけでなく、カザンの社交界にも、都市生活にも見切りをつけて、故郷ヤースナヤ・ポリャーナに帰るという行動に出た。この思い切った行為を可能にした大きな理由の一つは、トルストイ兄妹が成長したため、父の死後十年ぶりに遺産の分割・相続が行われたことである。この結果、一八四七年四月十一日（退学届提出の前日）付けで、トルストイはヤースナヤ・ポリャーナをふくめて、五つの村を相続し、約千五百ヘクタールの土地と、三百三十人の登録農奴（成人男子）の所有者となった。これで、かれはペラゲーヤ叔母さんの後見から解放され、カザンに住む理由もなくなった。しかし、だからと言って、それだけで安心して、田舎に帰れたわけではない。貴族地主の地位や農奴制が土台から大きく揺らぎ、破滅に向かっていることをトルストイは知っていた（事実、この十四年後の一八六一年に、ロシアの農奴制は廃止されてしまう）。はたして、田舎が安住の地になれるか、という不安をかれは感じていたに違いない。「帰りなんいざ、田園まさに蕪《あ》れなんとす」と言い放って、都会と栄達をさらりと捨てた陶淵明《とうえんめい》のゆとりと自信は、トルストイにはなかった。

その不安をしずめ、かれの行動を支えてくれたのは、ほかでもない、かれ自身がつくり出した「哲学」だった。この頃、トルストイは思索的な文章を書いたり、生活の規範をつくったり、日記を書いたりして、自分の考えをまとめ、定着させようと努力している。かれが日記をつけはじめたのは、大学中退直前、病気で入院した時の三月十七日だが、その第一ページにはこう書かれている。「理性を活動するがままにしておくならば、それは人に使命を示し、規範を与えるであろう。その規範をもって、大胆に社会の中に進んで行くがいい。人間の最高の能力、すなわち、理性と合致するすべてのものは、同様に、存在するすべてのものと合致するであろう。個人の理性は存在するすべてのものの一部にほかならず、部分は全体の秩序を乱すことはできない。一方、全体は部分を滅ぼすことができる。そのため、部分、つまり、人間の社会とではなく、全的なもの、つまり、すべてのものの根源と一致するように、理性を形成せよ」。この時期のほかの文章も、大筋はこれと同じで、それを箇条書き的に要約すれば、次のようになる。

㈠　人間や人間のつくった社会を超える、根源的・普遍的なものがある。

㈡　われわれの理性はその根源的なものに一致しなければならないし、一致することができる。理性は、人間がこしらえたものに従ってはならない。

㈢　根源的なものと一致していれば、われわれは何ものも恐れずに、生き抜くことができる。

まだ十九歳にもならない若いトルストイは、劣等生として退学の羽目に陥り、官職につく望みも失って、ずいぶん悲しい思いをし、挫折感を味わったことだろう。しかし、かれはただ負け犬のように、しっぽを巻いて、故郷に帰ったのではない。挫折をばねに、「哲学」をつくり上げ、自分は大学や世間より高いものに結びつくのだと、自分に言い聞かせたのである。この若きトルストイの「哲学」をカント的なものと見る人もあり、十八世紀西欧思想の影響と考える人もある。しかし、この中に特定の個人や流派の影響を見いだすことはできない。さまざまな影響はあっても、それは借り物でない、トルストイ自身の考えであり、その底には、すでに述べた愛と調和のトルストイの世界像が横たわっていた。

こうして、一八四七年五月一日、トルストイはヤースナヤ・ポリャーナを自分の生きる場所と思い定めて、帰ってきた。しかし、退学・帰郷という行動を支えてくれたかれの「哲学」も、農村での生活の場では抽象的で、何ひとつ実際的な指針を与えてくれなかった。帰郷直前、かれは「全体と合致しなければならない」という考えに従って、自分自身の全面的発展を目的にすえ、むこう二年間にわたる、大変な計画をつくり上げていた。それは、法学、基礎・臨床医学、歴史、地理、統計学、数学、博物学を研究し、ロシア語、フランス語、ドイツ語、英語、イタリア語、ラテン語を習得し、学位論文を書き、音楽、絵、体操をやり、農業の理論と実地を勉強する、というものだった。若者が力不相応な望みをいだくのは珍しいことではないが、このトルストイの計画ほど極端な例はほとんど見当たるまい。もちろん、この計画は達成されなかったどころか、この中でトルストイが二年間に多少とも成果を挙げたものは、一つもなかった。

この時、自分では意識していなかったが、トルストイは、実は、自分が生涯格闘しなければならない、二つの重大な思想的、宗教的問題に突き当たっていた。このような問題については、このささやかな伝記ではくわしく述べることはできないし、後で多少触れることにもなるので、ここでは、ただ次のことを言うだけにとどめよう。トルストイが帰郷の際につくり上げた「哲学」は、基本的には本質をとらえた、正しいものだった。しかし、「人間や人間のつくった社会を超える、根源的・普遍的なもの」とはいったい何なのかを、若いトルストイはつかみとっていなかった。「それはキリスト教の神のことですか、それとも別のものですか？」と聞かれても、当時のトルストイは答えられなかっただろう。もう一つ、かれは「人間の理性は根源的・普遍的なものに一致しなければならない」と考えていたが、外にある普遍的なものと、内なる普遍的なものとの関係もはっきりしていなかったし、自分の理性を普遍的なものに従わせると言っても、いったい、そのためには具体的にどうすればよいのかも、わかっていなかった。そのため、かれの「哲学」は退学・帰郷という情熱的で、瞬発的な行為の支えにはなったものの、いざ、日々の実践という段になると、無力になってしまった。だが、この点でうら若いトルストイを責めることはできない。罪は、真剣に生きる道を求める若者に、何ひとつ与えず、孤独の中に放置し、むなしく模索するがままにさせておいた、当時のロシアの宗教的、思想的状況にある。権威と形式に安住する宗教者、口先だけで信念のない思想家、内面をもたない為政者——不幸なことに、青年トルストイはそんな人々に取り囲まれていたのである。

ヤースナヤ・ポリャーナの新生活でのトルストイの大きな課題は、自分の全面的発展と、もう一つ、領地管理・農村経営であった。これまで繰り返し述べたように、農奴制を基盤とする当時のロシアの農村と、その上に立つ貴族の生活が危機に瀕していることを、トルストイは知っていた。その危機に立ち向かうためには、多くの無気力な地主のように、領地の管理、経営を支配人にまかせきりにして、収入だけを受け取ろうとする態度では、到底だめなことは言うまでもない。地主自身が土地と農民に責任のあることを自覚し、その責任をはたすための実践をしなければならない。だから、トルストイは帰郷直後しばらくの間、毎日一時間から三時間を、畑の見回りなどの農事にあて、ほかのどんな仕事や勉強よりも熱心に取り組んでいる。

しかし、この面でも、かれはたちまち壁に突き当たってしまい、ほとんど何の成果も得ることができなかった。第一、トルストイには自分の努力で領地をよくしたいという意欲はあふれるばかりにあっても、農業についての知識も、経営のノウハウもまったくなかった。のちにかれはこの弱点を克服して、立派な農場主になったが、この頃は善意がすべてといった、ナイーブな貴族のぼっちゃんでしかなかった。しかも、何よりも致命的なことは、若いトルストイが農民をまったく知らなかったことだった。

農村に生まれ、農村で育ったトルストイが農民を知らなかったというのは、一見奇異に思えるかも知れない。しかし、前に書いたように、かれのヤースナヤ・ポリャーナの生活は、地主屋敷の小さな輪の中に限定されており、父、エルゴーリスカヤ叔母さん、ばあや、家庭教師などにしっかりガードされ、さらにそのまわりを十数人の召使いに守られて、外界から遮断されていた。お屋敷勤めの召使いも身分上は農奴だったが、その考え方も、生活習慣も、地主に対する態度も、畑で肉体労働をしている農民たちとはかなり違っていた。屋敷の輪の外に踏み出して、じかに農民と農村の現実に触れた時、トルストイがどれほど衝撃を受けたか——それを示す生の資料はない。日記は帰郷後すぐにとぎれて、三年間書かれておらず、日課表も長続きしていないし、手紙もほとんど残っていない。ただ、一八五六年に発表された小説『地主の朝』には、ネフリュードフというトルストイ自身に似た主人公が登場し、良い地主になろうと善意にみちた努力をし、農民とも人間的な関係をつくろうとするが、複雑な現実にはね返されて、あえなく挫折する。トルストイの作品には、作者自身に似た人物がよく登場し、その人物と作者との関係をどうとらえればよいか、迷わされる。しかし、『地主の朝』は多少ともトルストイ自身の一八四七年の体験と結びついている、と考えて間違いあるまい。ネフリュードフが直接見た農村は、貧困と荒廃の極にあり、直接会って、話し合った農民たちは、自然で素朴という型どおりの民衆像とはまったくかけ離れて、怠惰、無責任で、単純をよそおいながら、利にさとく、嘘も平気でついた。しかも、地主を「父」として敬うどころか、不信と敵意をもって見ていた。これは、農村にかかわる者ならだれでも知っていなければならない、まぎれもない現実だったのだが、純朴なネフリューードフはこの現実に打ちのめされてしまう。トルストイ自身が農村と農民の現実から受けた衝撃も、これに劣らず強烈なものだったのだろう。

かれは少年時代以後、さまざまな異質の世界にも接し、いろいろな苦労もした。しかし、同じヤースナヤ・ポリャーナでは、愛と調和の地主屋敷の小世界の外にも、それを拡大投影したような世界が存在しているものと、漠然と想像していたのではあるまいか。大学、社交界、都市を捨てて、故郷に帰った時、トルストイは地主屋敷ばかりでなく、ヤースナヤ・ポリャーナ全体が自分を喜んで迎えてくれるような気がし、農民と自分の間に家父長的な和気あいあいとした関係ができるものと期待していたのであろう。しかし、それは幻想にすぎなかった。そして、ここでもトルストイはやはり孤独だった。一八四〇年代には、ロシアで農民問題がしきりに論じられるようになり、かれが故郷に帰った四七年には、ちょうどツルゲーネフの『猟人日記』、グリゴローヴィチの『不幸なアントン』などの農民小説が発表され、トルストイもそれを読んでいた。しかし、かれが突き当たった問題を切実に掘り下げた議論はなかったし、まして、地主貴族の苦悩に対する答えを示唆してくれる人もなかった。

こうして、トルストイは田舎に帰ってから数か月のうちに、自分の「哲学」を現実にうまく適用できないこと、領地経営も自分の手に負えないことを思い知った。帰郷後の生活の二本柱を二本とも失って、トルストイは羅針盤と舵を同時に失った船のように、あてもなく右往左往しはじめる。そして、その迷走は、かれが一八五一年カフカースに去るまで、丸四年にわたってつづくのである。その四年の間、かれは大体、夏はヤースナヤ・ポリャーナ、冬はモスクワ、トゥーラ、ペテルブルグなどの都会で生活しながら、さまざまなことをしている。その中には、退学・帰郷の際の決意をすっかり捨て去り、踏みにじってしまうような行動もたくさんある。かれはいったん見切りをつけたはずの社交界に、帰郷の年の冬にさっそく、またしても出入りをはじめ、トランプばくちで借金をこしらえたり、有利な結婚相手を探そうとしたりしている。そうした生活は四年間ずっとつづき、カフカース行きの前の五〇年十二月には、なんと、「ばくちをする時の規則」までこしらえて、それを日記に書きつけたりしている。また、あきらめたはずの官職にも未練を見せ、四九年四月には、ペテルブルグに出て、大学卒業資格の検定試験を受けている。これは、もちろん、就職の条件をととのえるためだったが、二科目に合格した後、残りの試験を放棄して、突然ヤースナヤ・ポリャーナに帰ってしまった。

これをめぐっては、さまざまな憶測もあるが、やっぱり就職には嫌気がさしたという単純な推測が、いちばん真相に近いかもしれない。ところが、またしても一転して、同じ年の十一月には、名目的なもので、実際の勤務はしなかったとはいえ、トゥーラ県議会の書記に名をつらねている。そればかりか、かれは退学・帰郷の時の決意にみちた「哲学」を、まっこうから否定するような発言までしている。大学卒業資格試験を受ける直前、トルストイは兄セルゲイに手紙で「思弁や哲学では生きていかれません。若くて、生きることを望んでいる人間が生きる場所は、ペテルブルグ以外にはありません」と書いて、都会での官吏の生活をめざしていることをほのめかしている。また、五〇年十二月の日記には、「私はどんな人間の力も及ばないような計画をつくるのをやめた。みんなが受け入れている形式を軽蔑してはならない」と、トルストイらしくもない、世間の慣習への「降伏宣言」のようなことまで書いている。

だが、こうした行動や発言の一つ一つに、われわれ自身が振り回されて、全体を見失ってはなるまい。この時期のトルストイの言動は、その迷走の振幅の激しさを物語るものにすぎず、その底には帰郷の時のあの「哲学」が、ずっと消えずに存在していた。むしろ、四年の激しい迷走は、その「哲学」の欠陥を検証するための試練であり、その「哲学」を具体化できない弱い自分を鍛える過程だった、と考えられる。なるほど、この四年間は混乱が目立つばかりで、これといったできごとも成果もない、不毛な時期に見える。それどころか、「哲学」も失い、農村にも安住できずに、年がたてばたつほど、かれの立場は悪くなり、ついに、にっちもさっちも行かなくなって、生活の原点のはずのヤースナヤ・ポリャーナばかりか、故国ロシアまで捨てて、遠くカフカースに逃げ出したというふうにも見える。たしかに、それも一面の真実だが、この時期のトルストイには、失敗や迷いはたくさんあっても、意外に挫折感や絶望感はない。もうすっかり行き詰まっていたはずの五〇年六月に、かれは帰郷後の三年を振り返って、「まったく無軌道に過ごしたこの三年が、時おり私には、実に興味深く、詩的で、有益なものに思える」などと、まるで他人ごとのようなのんきなことを言っている。こんなことが言えたのは、見かけは不毛な生活の内部で、したたかないとなみが行われていたからこそであろう。その結果まもなく、かれはカフカースへの遁走《とんそう》というマイナスの行動と同時に、創作活動の開始、神の探求、民衆の再発見など、いくつもの大きなプラスの行為を実現するのである。

五　軍隊生活と生死の苦悩

軍服に身をつつみ（1856年）

一八五一年春、長兄ニコライがカフカースの戦場から休暇で帰省した。しばらく骨休めをして、兄が軍隊に戻る時、トルストイは急に思い立って、兄といっしょにカフカースに旅立った。三年後、かれはカフカースからクリミア半島の軍隊に移り、ロシアに帰国したのは、五五年十一月のことだった。つまり、カザンで生活したのとほぼ同じくらいの年月が、カフカースとクリミアの戦地で流れたことになる。

いったい、トルストイは何のためにカフカースへ行ったのか？　当時カフカースへ行くのは容易なことではなかった。前に書いたように、カザンに行くことで、かれは大きな「異境体験」をしたが、カフカースに行くのはカザン行きの比ではなかった。第一、距離が違う。ヤースナヤ・ポリャーナから北カフカースまで、直線距離でも約千三百キロ。モスクワ・ペテルブルグ間の鉄道ができたのが、ちょうどこの年、一八五一年だから、カフカース行きの列車があるはずはない。えんえん数週間、『奥の細道』の全行程と東海道五十三次を足したよりもっと長い、馬車や、橇《そり》や、船の旅である。カザンなら、住民の半分はロシア人だが、カフカースは雑多な異民族の土地である。先兵として入植していたロシア人も、農奴制を逃れて辺境に来た、いわゆるコサックで、その生活様式も考え方も、トルストイが小説『コサック』で描いたように、異邦人かと思うほど、一般のロシア人とは違っていた。しかも、カフカースの住民はロシアの進出に頑強に抵抗して、数十年にも及ぶ戦争のまっ最中だった。

こんなところへ出かけて行くには、よほどの決意と目的がなければならないように思える。しかし、実は、トルストイ自身、何のためにカフカースへ行ったのかよくわかっていなかった。かれは四月二十九日にヤースナヤ・ポリャーナを発《た》ち、モスクワを通ってカザンに出、さらにサラトフ、アストラハンを経由して、カスピ海に近いコサックの村スタログラトコフスカヤに到着した。出発から一か月後の五月三十日のことだったが、その日の日記に、かれは「どうして私はここに来てしまったのか？　わからない。何のために？　やはり、わからない」と書いている。

軍隊に入るため、と説明している伝記もあるが、これは正しくない。それまでに、トルストイが官吏か軍人になろうと考えたことはあるし、戦地へ行くのだから、軍隊に入ることが念頭になかったとは言えない。しかし、出発の時には、その決意は固まっていなかったし、カフカースに来てからも、かれは軍隊に入ることをためらっている。

表面的に見れば、前に書いたように、トルストイはロシアではどうしようもなくなって、夜逃げ同然にカフカースに「国外逃亡」したと言える。退学・帰郷の時の二つの目的、自己形成と領地経営はあっさり崩れ、まともな官職にもつけず、ばくちで借金はふくらみ、まったく八方ふさがりだった。しかし、この時のトルストイは意外に、くよくよしていなかった。さんざんの成績で大学を中退した時も、挫折をばねに新しい生活をはじめようとしたトルストイのことだから、今度もなんとか道を開こうと、元気をふるい立たせていたに違いない。だが、カザンを捨てた時には、故郷に帰れる喜びと、領地経営という具体的な目的があったのに、カフカース行きにはそういう展望はなかった。それでいながら、かれが前向きでいられたのは、すでに前章の末尾で触れたように、目には見えないけれども、これからの生活の手がかりを探りあてていたからだった。その一つは、文学の創作活動、もう一つは神の探求である。だが、そのことは、後でもう少しくわしく語ることにしよう。

カフカースは西の黒海と東のカスピ海にはさまれた地域で、北からはロシア、ウクライナ、カザフ、南からはトルコ、イラク、ペルシア（イラン）などに囲まれて、ちょうどその要《かなめ》の位置にある。地理的な位置だけでも、列強の衝突や民族抗争のるつぼになりかねないのに、ここには言語、宗教、生活様式の違う種々雑多な民族や種族が入り乱れていて、昔から現在にいたるまで、血で血を洗う紛争がたえない。ロシアはカスピ海と黒海への出口を求めて、十五〜十六世紀からカフカースに食指を動かし、十九世紀初めにはグルジア、アルメニアの併合に成功した。しかし、チェチェン、チェルケスなど、山岳の少数民族は容易に屈服しなかった。ロシアは反乱鎮圧、外敵からの保護などの美名のもとに、戦争をつづけたが、頑強な抵抗に手こずり、一応鎮静化させることができたのは、ようやく一八六四年のことだった。トルストイがカフカースに着いたのはちょうど、族長シャミールを中心とする猛烈な抵抗がつづいていた頃だった。

この戦いの地では、もちろん、日常生活はロシアの国内より厳しい。社交界もないし、知的環境もない。周囲では血なまぐさい戦いが行われているばかりでなく、むりやり野良着を軍服に着替えさせられ、戦場に駆り立てられたロシアの農民、その前衛に立たされている、かつての逃亡民コサック、ロシアへの服従は見せかけだけのカフカースの為政者、為政者に裏切られながら、望みうすい抵抗をつづける民衆といった、幾重もの被害者と加害者の連鎖があった。まさに、人間の愚かさと残忍さ、弱きをくじき、強きにこびる卑しさのうずまく修羅の世界である。

こんな世界に投げ込まれたら、人は憂さばらしに、酒や、情事や、ばくちにうつつを抜かすか、逆に、深くものを考えることになるだろう。トルストイも時には飲む、打つ、買うといったすさんだ生活をしながら、一方では、創作や思索を深めていく。トルストイ自身が「何のためにカフカースに来たのかわからない」と言っている以上、かれがこの苦しい環境にすすんで身を投じたとは言えない。しかし、かれはカフカースがどんなところかは当然知っていたし、カフカースに来て、苦闘の中で自らを成長させた先輩のロシア作家、プーシキンやレールモントフの例も知っていた。とすれば、カフカースに旅立った時、トルストイは修羅場の中で精神を浄化し、自分を鍛えなおすことを、無意識のうちに期待していた、とも思えてくる。

到着直後の五一年六月、トルストイは自由参加の志願兵の資格で、兄について初めて戦闘に参加した。というより、戦闘を目のあたりに観察した。翌年書かれた短編小説『襲撃』などを見ると、この時すでに、トルストイは戦争の残酷さ、愚劣さを感じたようだが、それでもやがて正式に軍隊に入ることを決意する。かれにこの決心をさせたのは、前にも触れたように、トルストイの中にたえずあった「全体への奉仕」を願う気持ちだったのだろうが、軍人としての栄光や出世を望む功名心も、若いトルストイにはあったようだ。しかし、かれは俗世間では、どこに行っても要領が悪く、出世のできない人間で、運命もそうなっていた。

貴族なら、簡単に士官になれそうなものだが、トルストイには大学出の肩書きもなく、おまけに、形式的に勤務したトゥーラ県議会書記の身分が残っていたので、士官どころか正規の軍人にもなれなかった。五二年初めに、ようやく砲兵隊の見習士官の資格をもらったが、これは貴族出身の志願兵が試験に合格して士官になるまでの、臨時の身分にすぎなかった。その後まもなく、五二年二月の戦闘で、自分では勲章に値すると思うほどの決死の活躍をして、やっと正式に軍隊に編入された。しかし、それも砲兵下士官という、とるに足りない階級で、貴族出身の士官とは対等に付き合えもしなかった。トルストイがなんとか士官になれたのは、ドナウ方面軍に転属した後の五四年九月のことである。この中途半端な身分は、トルストイにとっては有難くないものだったが、それがかれを民衆出身の兵士の近くに立たせ、戦争の実相に対面させ、軍隊という体制のメカニズムに接しさせ、人並みでない体験をさせたとも言える。

外の環境の厳しさに正比例するように、トルストイの内面のいとなみも広がり、深まっていく。その一つが文学創作である。かれが処女作『幼年時代』をペテルブルグの有力雑誌「同時代人」に送ったのは、カフカースに来てから一年以上たった一八五二年七月だったので、創作活動をはじめたのも、カフカース到着後のことのように思われるかもしれないが、そうではない。五〇年の末に、トルストイはすでにジプシーの生活を材料にした小説を書こうとしているし、翌五一年初めには、どうやら『幼年時代』が着想されていたらしく、三月には習作『きのうのこと』が書かれて、創作の焦点が自分自身の生活の検証にしぼられていく。こうして、本格的に文学に取り組めそうな曙光が見えてきた時に、トルストイがカフカースに旅立ったことを考えると、すでに述べたように、かれは無意識にせよ、創作に必要な浄化、鍛錬の場としてカフカースを選んだのかもしれない。

トルストイは子どもの頃からものを考えることが好きで、家族から「哲学者」とあだ名されたりしていたが、文学少年や青年だったことはなく、詩をうまくつくれるような言葉の才もなかった。自分自身をふくめてだれ一人、かれの中に『戦争と平和』や『アンナ・カレーニナ』を生み出す希有な天才がひそんでいようとは、思いもかけなかった。そのトルストイが文学創作に到り着いたのは、文学そのものへの興味ではなく、挫折ばかりしている自分を見つめなおし、出口を見つけるためだった。文学への接近の仕方はいろいろあるが、トルストイはそもそもの出発点から、文学に人生的な意味を負わせる姿勢をもっていたことになる。自分を追究することがトルストイの創作の第一の目的だったから、最初の作品として『幼年時代』のような、自伝形式の作品が書かれたのは自然のなりゆきだった。しかし、『幼年時代』は当時ロシアで流行していた普通の自伝小説でもなければ、西欧によくある自我の形成を描いた、いわゆる「教養小説」でもなかった。また、トルストイもすぐに『幼年時代』が書けたわけではなく、今で言う「意識の流れ」のような形で自分の内面をとらえようとしたり、客観的に環境を描写しようと試みた末、ようやく『幼年時代』を書ける「秘密」を発見したのである。

その「秘密」とは、人間とか「私」とかいうものは、西欧で考えられているような、独立した個体ではなく、周囲のものと作用し合いながら存在するものだ、ということだった。言いかえれば、トルストイは人間を固定したものではなく、宇宙全体に充満して、ダイナミックに運動しているエネルギーが、ある瞬間にたまたまつくり出した一つの形と見た。そして、人間が一つの場のエネルギーの調和の中で生きている状態を、幸せな幼年時代として描き出し、それを自分の、また、一般に人間の原点で、同時に、到達点とみなしたのだった。この伝記で、トルストイの思想や文学に深入りすることはできないが、このことはトルストイの文学と思想全体をつらぬく重要なポイントの一つだし、『幼年時代』が五二年九月に「同時代人」誌に発表されると、群小の自伝小説を尻目に、圧倒的な人気を得た理由の一つでもあった。

「同時代人」の編集者で、有名な詩人のネクラーソフは一目でトルストイの才能を見抜いて、掲載を快諾し、慣例によって最初の作品は無料だが、次の作品からは一流作家と同じ原稿料を払うと約束して、トルストイを励ました。作品は予想にたがわず大好評で、トルストイは一躍人気作家の列に加わった。『幼年時代』を書いたことで、トルストイは自分の精神の拠点をつくり上げたが、そのほかに、人気作家の名声と、社会的な地位と（ロシアでは作家の地位は低くなかった）、それに、生まれて初めて、自分の力でお金をかせげる経済的能力までかちとった。これは失敗と挫折つづきのトルストイにとって、最初の成功体験だった。この成功に勇気を得て、かれは『幼年時代』の続編『少年時代』を書くことにし、一方、戦場の生活を素材にした『襲撃』、

『森を切り倒す』なども書いた。日記、反省などだけではなく、虚構の小説の形で自分を見ることによって、トルストイのものの見方は格段に幅と深みを増したが、兵士や戦争を見つめることで、かれの視野はいっそう広がり、思想は一段と深まった。

『幼年時代』が発表された一か月後に、トルストイが軍隊をやめようと思いはじめたのも、文学でやっていける自信がついたのが一つの大きな原因だろう。しかし、前に書いたように、かれは軍隊でろくな階級も与えられず、勲章ももらいそこね、将校のふしだらな生活や、軍隊の官僚主義も見て、嫌気がさしていた。しかも、かれはカフカースの戦争で、正義はロシアの側にあると自分に言い聞かせていたが、実際は侵略行為にすぎない戦争も嫌になっていた。そして、とうとう一八五三年五月に、かれは正式に退職願を提出した。だが、運命はトルストイに退職を許さなかった。ちょうどその時、クリミア半島を中心に、新しい戦争の危機がせまっていたので、トルストイばかりでなく、一般に退職が許されなくなってしまったのである。軍隊勤務の意欲はなくなったのに、退職は許されず、半年ほどの間、かれは無為の生活をしいられる。しかし、外面的に無為に見えたこの時期に、トルストイは文学創作と並ぶ、もう一つの重要な精神的成果を獲得した。それはかれ自身の「神」の発見である。

大学をやめて故郷に帰る時、トルストイは「全的なもの、絶対的なものと自分を融合させなければならない」と考えていたが、「絶対的なもの」とはいったい何なのか、突きつめて考えられてはいなかった。それから数年、ロシアにいる間は、トルストイがはっきり「神」を口にしたことはない。しかし、その時期にも、かれはおそらく「絶対的なもの」について、深く考えようとしていたに違いない。その結果、カフカースの厳しい環境が、トルストイにとっては、神の探求に沈潜するかっこうの場となったのである。

カフカースに到着して、一週間ほどしかたたない一八五一年六月八日、かれはノートに「愛と宗教こそが純潔で高い二つの感情だ」と書き、六月十二日には、神に祈りはじめたことを日記に書きとめている。十九世紀後半のロシアの知識人の大半に広まっていた、無神論とも、宗教的無関心ともつかない、あいまいな態度に若いトルストイも染まっていたが、それがはっきりと再検討されはじめたのである。さらに、この年の冬に、かれは神、必然、自由などについて思索し、翌五二年の後半には、ルソーの作品『エミール』、とくに、その中の『サヴォア助任司祭信仰告白』を読みながら、神や信仰について考える。この時のかれの思索は、のちに自分でも「あれほど緊張してものを考えたことはない」と言うほどのものだった。

はじめかれはルソーを否定しようとしたが、次第にその考えに近づき、十一月には、ルソーにならって、神と霊魂不滅を信じるようになり、五三年七月までには、自分自身の信仰告白ができあがった。それを箇条書きにまとめれば、次のようになる。

㈠　霊魂は不滅である。
㈡　神を理解しないが、神を信じる。
㈢　永遠の報いを信じる。
㈣　良心を承認する。
㈤　霊と肉が衝突する時、霊が勝利する。

これは『サヴォア助任司祭信仰告白』にほとんど従っていると同時に、三十年後に築かれたトルストイ主義の信仰と基本的に同じであった。つまり、普通考えられているよりはるかに早く、トルストイは自分の信仰の基礎をつかみとっていたのである。ただ、それは西欧の思想を下敷きにしたもので、ロシアの現実のるつぼをくぐっておらず、ロシア正教との対決も行われていなかった。また、知的孤独の中でつむぎ上げられて、この信仰告白を共有する精神的同志もいなかった。それに、まだあまりにも抽象的で、肉づけがなかった。だから、トルストイはこの信仰を人に訴えようとはせず、ひそかに自分の胸におさめたのである。

トルストイが神や霊魂について思索している間にも、欲望と憎悪のうずまく現実のいとなみは容赦なく進み、クリミア周辺の情勢はますます緊張の度を高めていた。黒海に突き出たクリミア半島は、ロシアの南下政策にとって、カフカースに劣らず重要な場所だったが、一八二九年、ロシアはトルコとの戦争に勝って、クリミアと黒海の制圧に成功した。イギリスやフランスはこれに反発し、トルコを支援して、ついに、一八五三年十月四日、ロシアに対して宣戦を布告させた。トルストイの退職願が認められなかったのは、この情勢がすでに予測されていたからである。

退職が不可能なばかりか、トルコがロシアに宣戦布告をしたので、トルストイは今度は逆に、クリミア戦争の実戦部隊への転属を願い出た。これは山民相手のカフカースの戦争より、もっと本格的な戦争に参加し、もっと大きな死の危険に身をさらすことを意味する。だから、五四年一月、実戦部隊への転属が許可されると、トルストイはまず、遠路はるばる故郷のヤースナヤ・ポリャーナに戻って、身内の者に別れを告げ、遺書を書いてから、自分が配属されたドナウ方面軍の駐屯するブカレストに向かった。ちょうどその頃、二月九日に、ロシアは、トルコを援助していたイギリス、フランス両国に宣戦を布告し、戦争はロシア対イギリス・フランス・トルコ同盟軍の大戦争に発展していた。トルストイが死を覚悟して故郷を後にしたのも、無理からぬところだった。

すでに戦争の残酷さを知っていたトルストイが、なぜ自ら求めて危険な戦争に身を投じたのか？　その第一の原因はトルストイの愛国心である。晩年、自国の利益より万民の平和を優先させた絶対平和主義者トルストイも、この頃は祖国のために敵と戦うことを否定していなかったし、クリミア戦争はカフカースの戦争より、自衛の性格が強いように思えたのである。第二に、かれはカフカースで見た戦争の実態と、ロシア民衆の底力の発揮を、もっと限界的な状況の中で見たかったのであろう。そしてさらに、文学創作と神の発見という成果を授けてくれた、厳しいカフカースの修羅場より、さらに苛酷な場に飛び込んで、劫火《ごうか》の中で自分を高めようとしたのかもしれない。

かれは一八五四年三月にヤースナヤ・ポリャーナからブカレストに来て、五か月足らずそこに留まっていたが、その後キシニョフ、オデッサに移動し、十一月七日ついに、クリミア戦争最大の攻防戦のつづくセヴァストーポリに到着し、翌年四月には、その中でももっとも危険な第四堡塁《ほうるい》へ入った。カフカースで実戦を何度も体験し、クリミアの戦争がそれより恐ろしいことも予想していたトルストイだったが、それでもその惨状は目を覆うばかりだった。

かれはクリミア戦争を題材に、短編三部作を書いたが、その最初の作品『十二月のセヴァストーポリ』では、「軍楽隊や太鼓の響きが聞こえ、軍旗がはためき、将軍たちがみごとに馬を乗りこなしている、整然として、美しくて、きらめくばかりの隊列ではなく、血と、苦しみと、死の中で戦争を見るのだ」と書き、『五月のセヴァストーポリ』では、「愛と自己犠牲の偉大な掟のみを信奉しているキリスト教徒たちが、自分たちのしたことを見たなら、自分たちに生命を授けて、死の恐怖とともに、善や美を愛する気持ちを一人一人の心に植えつけてくれた者の前に、後悔の思いにかられてどっと膝まずき、喜びと幸せの涙を流しながら、兄弟として互いに抱き合わないのだろうか？」と問いかけずにいられなかった。この時点で、トルストイはまだ戦争を否定していなかったが、この時の深刻な体験が、のちのトルストイの絶対平和主義の基礎になっている。クリミア戦争でナイチンゲールが献身的な看護活動をし、それがデュナンらの赤十字活動を発展させたことはよく知られているが、その同じ戦争がトルストイの平和思想を生み出したことは、意外に知られていない。

戦争の残酷さに劣らず、トルストイの心を揺さぶったのは、ロシア兵士の勇敢な戦いぶりだった。カフカースでかれはすでにロシア兵の沈着、剛胆で、私利私欲のない戦いぶりに目を見張っていた。かれが故郷で見たロシアの農民は無気力で、ずるくて、嘘つきだった。その同じロシアの民衆が軍服を着て、戦場に出ると、底知れない精神と肉体の力を発揮していた。トルストイはカフカースに来て、初めてロシア民衆の偉大さを発見したのである。ところが、セヴァストーポリのロシア兵は、カフカースよりもっと勇敢に、もっと立派に戦っていた。つまり、トルストイはクリミアでロシア民衆をもう一度発見したと言える。この時の深い感動はトルストイの心に一生焼きつき、かれの民衆観の根底になった。

もう一つ、トルストイがカフカースで発見し、クリミアで再確認した偉大な力がある。それは愚劣で、卑小な人間の行為を超越して、悠々といとなみをつづけている自然の力であった。かれがカフカースに来た理由の一つは、雄大で峻厳な山国の自然に触れることだったが、人間の行為の中でももっとも醜く、おぞましい戦争との対比の中では、自然が道徳的な力をもっているようにさえ、トルストイには感じられた。そして、クリミアの「血と死の中で」仰ぎ見ると、自然の偉大さはひとしお身にしみた。前に書いたように、カフカースでトルストイは自分なりの神を発見していたが、カフカースとクリミアでの体験の結果、かれは神の隣に自然があり、その隣に民衆がいると感じた。そして、神からもっとも遠くにいる自分も、この神・自然・民衆の鎖につながらなければならないと思うようになる。こうして、抽象的で、おぼろげながら、トルストイの世界観らしきものができあがっていったのである。

ロシア軍の一年にわたる必死の抵抗もむなしく、セヴァストーポリは一八五五年八月二十八日ついに陥落し、戦争は事実上終わった。トルストイはすぐさま退職を決意し、十一月公用急使の名目でクリミアを離れ、ペテルブルグに帰還した。これで四年半のトルストイの軍隊生活に終止符が打たれた。カフカースに旅立った時、何の経歴も、仕事もなく、理想を失い、借金に苦しんでいたトルストイが、クリミアを去る時には、有名な作家になり、戦いと死をくぐり抜け、独自の世界観を胸に秘め、しかも、勇敢なセヴァストーポリの戦士というおまけまでついていた。逃げるように国を離れた時とは、うって変わった晴れやかな姿で、トルストイはふたたび故国の土を踏んだのである。

だが、そのトルストイをロシアで待ち受けていたのは、いったい何であったろうか?

六　農民解放と「進歩」の問題

ペテルブルグの作家たちと（1856年）
（後列左がトルストイ、その前がツルゲーネフ）

トルストイは有名作家になり、死の体験をし、独自の世界観の基礎までつくり上げて、一八五五年十一月さっそうとロシアに帰国した。なつかしいヤースナヤ・ポリャーナに寄ってから、最高の知識人の集まるペテルブルグへ行き、ツルゲーネフ、ネクラーソフたちの大歓迎を受けた。とくに、ツルゲーネフはトルストイを自分の家に住まわせるほどの熱の入れようだった。二人はこの時初対面だったが、トルストイは一八四七年に出た『猟人日記』を読んで以来、ツルゲーネフを尊敬しており、自分の短編小説『森を切り倒す』をツルゲーネフに捧げて、その敬愛の情を示していた。トルストイも歓待に気をよくし、知的な雰囲気に心の飢えをいやしたが、次第にかれとペテルブルグの知識人たちとの間には、不協和音が響きはじめた。

ツルゲーネフたちにとって、理屈ぬきにやりきれなかったのは、トルストイがわがまま勝手な性格の上に、すさんだ戦場の生活態度をそのままもち込んだことだった。飲む、打つ、買うのふしだらな生活をして、昼まで寝ているのだから、いっしょに生活している者はたまったものではない。しかも、トルストイはカフカース行き以前に、遊びのために、社交界に出入りしてはいたが、知識人のサロンに入ったのはこれが初めてだった。博学で、システマティックな考え方に慣れ、議論にたけたペテルブルグの文化人から見れば、トルストイは無学で、論理もまとまらない、軍人あがりの田舎者にすぎなかった。逆に、トルストイから見れば、この文化人族は何の実行もせず、命をかけて戦ったこともない、口先だけの腰抜けだった。だから、トルストイはその連中に悪口を言われたりすると、決闘状をたたきつけておどかす、というようなことまでした。だが、トルストイと知識人をへだてた最大の壁は、こうした肌合いの違いではなく、世界観の根本的な食い違いだった。

戦場の四年半でトルストイが築き上げた世界観の骨格を、もう一度思い起こしてみよう。それは神の存在を証明はできないが、神を信じ、その隣に自然をおき、それに民衆の生き方を結びつけ、自分もその輪の中に参加しなければならない、という考えだった。一口に言えば、それは絶対不変の生の追究であり、絶対的な生を相対的な自分や現実に対決させることだった。この考えは戦場という特殊な環境だけでなく、ロシアの日常の中でも通用するはずだ、とトルストイは思い、それに自信をもっていたに違いない。

しかし、ロシアでかれを待ち受けていたのは、それとは次元の違う問題だった。中でも、もっとも重要で、緊急を要するのは、一、ロシアの足かせになってきた農奴制を廃止する方法。二、クリミア戦争の敗北で暴露されたロシアの後進性を克服し、イギリス、フランスなどの先進国に追いつくための方法であった。トルストイは社会科学をあまり勉強したことがなく、カザン大学でエカテリーナ二世とモンテスキューの比較研究をした程度にすぎなかった。それに、四年半も戦地の知的に孤立した環境の中にいて、時流の問題にうとかった。しかし、そのトルストイも戦場で軍隊改革案を書き、農奴制の廃止を誓い、祖国の再建を考えており、社会的な問題には強い関心をもっていた。

ただ、トルストイにとっては、その時も、その後も、社会問題は同時に、必ず道徳や宗教の問題であり、自分の心と責任にかかわる問題だった。かれが農奴制を廃止すべきだと考えたのは、それが経済的にも、道徳的にも「悪」だったからである。また、ロシアがイギリス、フランスなどの先進国に見習わなければならないというなら、その「先進性」とは何かを、人間の生の視点からも問いただす必要がある。そして、農奴制改革も、進歩も、われわれ自身の心の改革と、生活の変革につながるはずだ。そうトルストイは考えていたのである。だから、かれはこうした問題を社会や政治の次元だけでいじくりまわしている者たちの姿勢が、根本的に承服できなかった。二十五年ほど後に書かれた『懺悔』で、トルストイはこの時期を回想して、自分も流行の「進歩」の思想を信じていた、と告白しているが、これはトルストイによくある行きすぎた自己批判で、実際はそうではなかった。かれはこの時点ですでに、短編小説『二人の軽騎兵』などを書いて、はっきりと時流に抵抗していた。だが、時流にすねるのではなく、本当に抵抗するつもりなら、農奴制解放や進歩の問題に、自分独自の対応をして見せなければならない。

すでに書いたように、トルストイはカフカースでロシア民衆の偉大さを発見し、その後、クリミア戦争の血と死の中で、それを再確認した。そして、それと同時に「農奴制があっては、現代の教養ある地主の正しい生活は不可能だ」と考えるようになっていた。帰国してみると、農奴制改革は思った以上に差し迫っており、ロシア最大の問題になっていた。しかも、一八五六年三月十九日、講和の詔勅で、皇帝アレクサンドル二世は「各人が、万人に等しく公正にして、万人を等しく護る法の庇護の下、罪なき労働の果実を享受すべし」と農奴制廃止を暗示するようなことを言った。その直後、皇帝はモスクワ県の貴族団長を集めて、「私が農民に自由を与えようとしているという噂があるが、これは正しくない」と否定しておきながら、地主に対する農民の反抗が強まる可能性を認め、「それが下から起こるより、上から起こる方がはるかによい」という、今も歴史の本に残っている「名文句」を吐いた。これは、地主たちの方から農奴解放の提案をせよ、という誘いとも受け取れる言葉だった。皇帝にこう言われた以上、賛否いずれにせよ、農奴制廃止に無関心でいるわけにいかず、議論はますます沸騰した。

トルストイはこうした情勢の中で、四月二十五日に自分の解放計画の草案を書いているが、農奴解放は経済、法律、実生活などの面で、複雑な問題をたくさんふくんでおり、細かい計算も必要だったから、いかに精力的で、集中力のあるトルストイでも、一夜づけでは案はつくれない。おそらく、かなり前から、かれは自分の領地で農奴を解放することを決意し、その具体策を考えており、皇帝の発言を知って、最終的に決心を固めたのであろう。皇帝が解放にかたむいていれば、それまでは法律違反だった農奴解放も可能になる、しかも、ぐずぐずしていれば「上からの」改革が実施されて、自分の出番がなくなってしまう。トルストイの考えや性格からすれば、この重要な責任は自分ではたさなければならなかった。皇帝の発言後一か月ほどして、かれが猛烈に行動を開始したところをみると、その一か月の間に自分なりの成算を得たのであろう。四月下旬から五月なかばにかけて、トルストイは妥当な解放私案を提案したことで有名な学者カヴェーリン、のちに解放実施の中心者になった若手の内務官僚ミチューリン、内務次官リョーフシンにそれぞれ二度ずつ会って、自分の案を煮つめ、実施手続きの法的問題などもチェックした。それから解放実行のため、ペテルブルグからヤースナヤ・ポリャーナに向かったが、途中十日ほどモスクワに滞在し、アクサーコフ兄弟、ホミャコフ、サマーリンなど、保守的で、ロシアの伝統を尊重する、いわゆる「スラヴ派」の中心人物たちに会っている。トルストイがペテルブルグで接していた人たちは、主として「西欧派」の知識人で、解放に積極的だった。この時のトルストイは夢中で、解放に向かって突き進んでいるように見えるが、スラヴ派の人たちとわざわざ会っていることなどから判断すると、解放をなるべく広い視野から、慎重に検討しようとしていたことがわかる。

トルストイは五月二十八日にヤースナヤ・ポリャーナに到着して、その日にすぐ二人の農民総代に会い、簡単な説明をしてから、農民の総会に出席し、「賦役（強制的な労働）を年貢に代え、しかも、その額をふつうの半額にする」という表現で、農民たちの賛成を得ようとした。その方が、いきなり「解放」というはっきりした表現を使うより、農民にわかりやすく、受け入れられやすい、と考えたのであろう。農民の反応は好意的で、トルストイは成功の自信を深めた。もともと、かれは自分の計画の成功に相当な自信をもっていたものと思われる。自分の案は農民の立場も考え、地主にも不利にならないようにし、法律的な穴もないものだ、とトルストイ自身には思えたし、実際、かれの案は穏当、堅実なものだった。ところが、一晩みんなで考えた末か、翌日になると、農民たちの態度は一変して、拒否が優勢になった。その後、六月十日まで何度も交渉して、本当の内容が解放であることも説明したが、農民はかたくなになるばかりで、トルストイの試みはあえなく失敗に終わってしまった。

失敗の表面的な原因は、この年の八月の戴冠式を機会に（アレクサンドル二世は父ニコライ一世急死の後を受けて、一年前の年、一八五五年に即位したばかりだった）、有利な条件で解放が行われるという噂が農民の間に広まっていたことだった。当時のロシアでは、農民が法律的に自由になり、しかも、買い取り金も払わずに土地を取得できるなどという期待は現実的ではなかったが、もし農民がそれを信じたとすれば、地主の利益も考えたトルストイの案を受け入れるはずはない。だが、その幻想の奥には、土地に対する農民独特の考え方があり、それは風評などよりもっとむずかしい問題だった。トルストイはじめ、多くの地主たちは土地と農民に対して、自分たちが責任をもっていると思い、自分たちの祖先は正当な功績で土地を与えられたのだと考えていた。しかし、農民の考えからすれば、土地はもともと農民のものであり、地主は後から来て農民を支配したにすぎない。だから、「かりに農民は地主のものだとしても、土地は農民のものだ」と信じていた。さらに、この土地観の根本的な違い以上に、トルストイを悩ませたのは、その底にひそんでいる、地主に対する農民の根強い不信感だった。

九年前、まだほとんど子どもで、現実を知らなかったトルストイは農民に接して、ぶざまな挫折をした。しかし、今度はもう人生経験を積み、死までくぐり抜け、戦う兵士の中にロシア民衆の魂の奥底を見たのち、十分に練り上げた現実的なプランをもって、農民の前に出たのである。しかし、農民は九年前と同じように、かれを信用せず、かれのまじめな説明より、雲をつかむような風評を信じた。しかも、百姓外套を着た農民の態度は、戦場で軍服を着ていた時の立派さとはうって変わって、九年前と同じように、疑り深く、小ずるかった。トルストイはこうした農民の前で呆然自失し、まさかもうあるまいと思っていた挫折を、またしても味わわされたのである。それでも、トルストイはあきらめずに、解放の努力をつづけたが、この新しい挫折は、自信をもっていたために、なおさら深い傷になった。そして、かれは自分と農民の関係を、ひいては、自分の生き方全体を再々検討する必要に迫られたのである。

一八五七年一月末、トルストイは西欧旅行に出発し、半年の間にフランス、スイス、ドイツを訪れた。トルストイは生涯に二度西欧を旅行したが、二度目の旅行には、具体的な目的がいくつもあるのに、この最初の旅行には、すぐに見てとれるような、具体的な理由がない。それに、西欧に行ってからも、これといったことをしておらず、トルストイらしくもなく、平凡な観光客のように毎日をすごしている。そのため、この旅行の目的は「農奴解放の失敗の心の傷をいやすため」とか、「アルセーニエワという女性との恋愛がこじれたため」といった、消極的なものと解釈されている（アルセーニエワとの恋愛については、ほかのもう一つの恋愛といっしょに、次の章で話そう）。

しかし、この旅行にも、一つの積極的な目的があった。クリミアから帰国したトルストイをロシアで待ち受けていたのは、農奴解放と進歩の問題であった。かれはまず、農奴解放の問題に取り組み、挫折したとはいえ、一つの答えを出した。もう一つの「進歩」という問題に取り組むためには、ロシアで本を読んだり、議論をするより、進歩のひな型にされて、ロシアの未来図のように思われている西欧を、自分の目で確かめる方が手っとり早い。とくに、トルストイにとっては、それが必要だった。なぜなら、かれはクリミア戦争の死と血の中で、イギリス人やフランス人がしたことを自分の目ではっきりと見、それが理想にも、進歩の手本にもほど遠いことを確信していた。かれらがロシアに勝ったのは、人殺しの道具や強奪の方法でロシアより進歩していたからにすぎない。だから、戦場とは違う、立派な現実がかれらの国にあるとすれば、それを自分の目で見なければ、納得できなかったのである。と言っても、トルストイは自分の体験と実感を強く信じるタイプの人間だった。西欧に出かける時、かれはクリミア戦争の体験で得た自分の実感をしっかり胸におさめ、それを否定する事実ではなく、その裏づけを、西欧の平和な環境の中でも見つけ出し、進歩や文明の化けの皮を引っぱがしてやろうと、あらかじめ身構えていたのだと思われる。

トルストイはモスクワからワルシャワ、ベルリンを経由して二月九日にパリに着き、約一か月半そこに滞在した。しかし、かれはロシアでけんかばかりしていたツルゲーネフやネクラーソフにそこでまた会って、迷惑をかけたりしながら、平凡な観光客並みのひまつぶしをしていた。トルストイのパリ滞在中、たった一つ目立つことは、三月二十五日、かれが公開のギロチンによる死刑執行を見て、「異常に」興奮したことである。

昔は、裁判や処刑を公衆の前で行うことは普通で、文明国と自他ともに許す国でも、比較的近い時代まで、その習慣が残っていた。徳川時代の日本には高度の道徳や美意識があったのに、死刑囚の市中引き回しや獄門さらし首が行われていたし、フランスでも十九世紀には、死刑を一般人の前で執行することがあった。ロシアでは一八二六年に、デカブリストの乱の中心人物五人が赤の広場で処刑されたが、十九世紀の中頃には、死刑が公衆の前で行われることはなかった。

トルストイは公開の死刑が早朝に刑務所前の広場で執行されることを聞いて、夜中から出かけていった。当時の新聞報道が誇張でないとすれば、集まった群衆の数は一万二千人から一万五千人、広場にはこうこうと松明《たいまつ》がともされ、周囲の酒場は一晩中にぎわっていた。それは、「文明国」の国民の心の底にも、蛮族と同じように、残忍さがひそんでいるのを実証する光景だった。

トルストイはいつもの強引さで、人垣を押し分けていったのか、それとも、場所代でも払ったのか、ギロチンのまん前に陣取り、やがて死刑囚が引き出されて、その首が切り落とされ、箱の中にゴロンと落ちるのを、目の前に見た。その一瞬、かれは身の毛のよだつようなショックを感じ、その夜はよく眠れず、夢にまでギロチンが出てきたほどだった。

人一倍感受性が強かったとはいえ、戦場で悲惨な死に慣れていたはずのトルストイが、ほとんど苦痛もないこの死刑に、なぜこれほどふるえあがったのか？　それは法や秩序の名のもとに、人の命が平気で奪われ、戦争と同じように、平和な生活でも、残忍な暴力が正義の行為になっていたからである。その日、友人のボートキンにあてた手紙で、かれは死刑を見たことを伝え、こう書き添えている。「だれをも強制せずに、前へ進ませてくれ、調和した未来を約束してくれる道徳的な掟、モラルと宗教的な掟なら、ぼくは理解できるし、いつも幸福を与えてくれる芸術の掟なら感じている。しかし、政治的な掟はぼくにとっては、あまりにも恐ろしい虚偽なので、その方がいいとか、悪いとか判断することもできない」。さらに、二十五年も後に書かれた『懺悔』の中でも、かれはこの死刑のことを生々しく思い出し、首が切り落とされたのを見た瞬間、「何がよいことで、何が必要なことかを判断するのは、人間が言っていることや、していることではなく、進歩でもなく、自分の心をもった私なのだ……ということを、頭ではなく、全身全霊でさとった」と書いている。

この死刑囚は政治犯などではなく、二件の強盗殺人をおかした凶悪犯人で、トルストイもそれを知っていた。しかし、それでもやはりかれは、一人の人間を平然と殺すことのできる、法律、秩序、体制、社会、いわゆる正義などの暴力に、身ぶるいした。しかも、「進歩」がその暴力を弱める保証はない。むしろ、「進歩」の結果、社会や秩序が肥大して、一人の人間の生や、心情、美意識、愛などが踏みにじられる恐れは強まるかもしれない。そのことを、この死刑が示している、とトルストイは信じたのである。

トルストイはパリの生活を結構楽しんでいたのに、死刑の二日後、「こんな退廃した町を出て、よかった」と捨てぜりふを吐いて、突然パリを去ってしまった。かれは死刑を見て、進歩のお手本であるフランスのしっぽをつかまえた。とすれば、もうパリに留まっている必要はなかったのである。

その後トルストイはジュネーヴに行って、そこを中心に三か月ほどアルプスの山々を歩き、ふたたびごく普通の旅行者の生活をしていた。ところが、六月二十五日、トルストイの身にこの旅行中の第二の事件、かれ自身の言葉によると、「歴史的大事件」が起こった。美しい景色で名高いアルプス地方でも、指折りの美しい町で、フィーアヴァルトシュテッテ湖にのぞむルツェルンに、トルストイは六月二十四日に到着し、最高級ホテル「シヴァイツァーホフ（スイス館）」に泊まった。

翌日ホテルの前に、大道芸人が来て、三十分ほどギターをひきながら、歌を歌った。なかなかの出来ばえで、トルストイはじめ、みんな気持ちよく聞いていた。ところが、歌い終わって芸人が投げ銭を求めると、だれ一人何も与えず、大半の者はただせせら笑うばかりだった。トルストイは憤慨して、その男をホテルに入れて、酒をふるまおうとしたが、レストランには断られて、庶民むけの酒場に入れられてしまう。おまけにボーイやドア・マンがこの珍しい客とおかしな連れを、にやにや笑いながら眺め出した。トルストイはとうとう我慢できずに、怒鳴り出してしまった。

そして怒りさめやらぬままに、事実をそのとおりに書いた短編『ルツェルン』を、十日足らずで仕上げてしまった。芸術的に昇華させずに事実をそのまま作品にしたことも、こんなに早く一気に作品を書き上げたことも、トルストイには珍しいことだった。しかも、この作品はこんな言葉でしめくくられているのである。「これこそ、現代の歴史家が消すことのできない火のような文字で書きしるさなければならない事件である。これは新聞や歴史に書かれている事実より重要で、深刻で、深い意味をもっている」。

この時のトルストイの言動も、作品のしめくくりの言葉も、それだけ切り離して見れば、あまりにもヒステリックに見える。しかし、かれが何のために西欧に来たのかを思い出し、パリの死刑のことを思い合わせると、その「異常さ」の意味がわかってくる。かれは「進歩」した文明人が人間を差別し、金があるというだけで尊大になり、美や芸術そのものの価値を見ようとせずに、貧しいというだけの理由で人を軽蔑しているのを、許すことができなかった。しかも、大道芸人を侮辱した金持ちの観光客の大半は、世界でいちばん「進歩」したイギリスの国民ではないか。トルストイから見れば、この一見ささいなできごとは心の欠け落ちた「進歩」の行く先を象徴するものであり、歴史に書きとどめるべき事件だったのである。

トルストイはこの後、オランダ、イギリスにも行くつもりだったが、その予定を変更し、七月三十日、ロシアに帰国した。急いで帰国した直接の原因は、妹のマリアが離婚したという知らせを受け、その処理のためだったと言われている。しかし、トルストイはパリの死刑とルツェルンの大道芸人の事件で、進歩の二つの手本、フランスとイギリスのしっぽをつかまえることに成功した。とすれば、この旅行の目的は達成されたことになる。トルストイがいなければ、妹の離婚の処理ができなかったわけではないだろうが、かれはその知らせをきっかけに、予定を切り上げて、未練なく帰国することができた。

それに、この時トルストイの頭には、ロシアに帰ってしなければならない一つの仕事が浮かんでいたのである。

七　農民の中へ

ヤースナヤ・ポリャーナの子どもたち。
トルストイの農民学校の入り口前で

一八五七年七月三十日、トルストイは半年間の西欧旅行を終えて、ペテルブルグに帰ってきた。出発の時の予感は的中して、西欧はロシアのお手本にはなれないことを確認して、帰国したのだった。だから、かれはその後、西欧を「進歩」した国のように賛美する言葉には、耳をかさなくなった。しかし、トルストイはかたよったナショナリストや国粋主義者ではなかったから、西欧に愛想をつかした分だけ、ロシアへの愛が増えたわけでもなかった。

かれはヤースナヤ・ポリャーナに帰った八月八日の日記に「ヤースナヤは実にいい。よくて、もの悲しい」と書き、さらに「ロシアはいまわしい」と書きそえた。また、叔母あての手紙には「ペテルブルグやモスクワでは、のべつまくなしに何かわめき、怒り、期待していますが、片田舎では相変わらず家父長的な野蛮さ、盗み、無法が行われています」と書いている。ロシアの現状もいまわしく、ロシアの手本と言われている西欧も、やはりいまわしいとすれば、ロシア人は救いの道を、自分で創造的に発見しなければならない。それにはどうすればよいのか? かれの心の中には、すでに一つの考えが芽生えていたが、それはまだ熟しておらず、今のところは、旅行前の生活をいくらか軌道修正しながら、生きることになる。ヤースナヤ・ポリャーナに帰り着いた日の日記に、トルストイは自分の使命の中心は「文学の仕事、家庭の義務、農業経営」と書いているが、当面こういったものが、かれの生活の柱になるのである。

農業の面では、かれは自分の取り分を三千ルーブルに抑えて、あとはすべて農民にゆだねることにし、旅行前には失敗した、自分の領地での農奴解放にも、再挑戦することにした。今度はまず手はじめに、屋敷の召使いたちを解放することにし（召使いも身分は農奴だった）、帰郷直後の八月中旬にそれを実現した。それからまもなく、十月下旬には、自分の農奴を法律的に解放したが、それを実質的なものにするために、翌五八年夏、相変わらずの抵抗や不信の壁にぶつかりながら、農民たちに新しい、協同組合方式の協力態勢を提案し、ねばり強く話し合った。この時はトルストイも必死で、今までの遠慮がちな態度をふり捨て、日記に「戦いたけなわだ」と書いているほど、体当たりで農民にぶつかった。かれは評論家ではなく、あくまで利害の当事者だったから、「土地は耕作者である農民に無償で与えるべきだ」といった単純な「正論」は吐かず、地主の利益も主張する穏健な農奴解放の線を守った。

しかし、トルストイは土地の自由化で貧富の差が拡大すること、経営競争力の乏しい貧農を「解放」で独立させて、貧困化を早めること、機械的な土地分与で、旧地主が水場、草場、森林などを押さえ、結局、農民を支配しつづけることなどがないようにし、実質的に農民の利益をはかろうとしていた。何度も失敗した末のトルストイのこうした態度と考えは、ようやく農民に理解されるようになり、トルストイの提案は受け入れられた。思えば、大学を中退して、初めて農村の現実に接し、挫折してから、十年あまりの歳月が流れていた。トルストイにとっては長すぎた時間だったが、それでもかれは人に先んじて、自分の農奴を解放するのに成功した。国全体の農奴解放が宣言されたのは、一八六一年二月のことで、しかも、その内容はトルストイ個人の案より劣っていたのである。

この時期にトルストイが書いた文学作品は『ルツェルン』、『アルベルト』、『三つの死』、『結婚の幸福』などだが、『三つの死』はトルストイの作品としてはBクラス、あとの三つはCクラスと言わざるをえない。これは文学創作に対して、この時期のトルストイに迷いがあったせいである。

前に書いたように、トルストイは自分の生き方を考える過程の中で、文学創作に到達した。かれにとって、文学は言葉の技術でもなく、美に奉仕するものでもなかった。しかし、カフカースで『幼年時代』、その他の作品を書き、一応作家としての地歩をかためて帰国してみると、この点でもやはり、ロシアは意外な態度でトルストイを迎えた。かれを世に出してくれた雑誌「同時代人」を拠点とする有力な批評家チェルヌイシェフスキー、ドブロリューボフたちは、文学が社会改革のためにはたす役割を非常に大きく考えていた。もちろんトルストイは、文学は社会改革に背を向けるべきだなどと考えたわけではないが、無限のもの、絶対的なものにかかわるはずの文学や芸術が、有限で相対的な人間のつくった社会や、まして、目先の政治的な動きに従うことには、賛成できなかった。文学や芸術は人間が人間の枠を超えるために存在するもので、人間の道具ではない。トルストイの目からすれば、「同時代人」の編集者で、詩人のネクラーソフも文学を道具にする流れにのっているし、ツルゲーネフまでがそれに適当に調子を合わせているように見えた。そこで、トルストイはチェルヌイシェフスキーたちとは反対の立場の批評家ボートキン、ドルジーニン、アンネンコフたちと近しくまじわり、五八年初めには、この人たちと「文学のための文学」をめざす新しい雑誌を創刊して、ツルゲーネフや詩人のフェットにも参加してもらおうと考えた。この計画は実現しなかったが、同じ年の二月には、「同時代人」との専属契約を解除し、政治的な傾向を強めていくこの雑誌と縁を切った。

また、トルストイは翌五九年初めに、ロシア文学愛好者会会員に選ばれて、入会スピーチをさせられたが、その中で、自分が当面の社会問題を対象にする傾向文学の作家でないことを明言した。そして、実作の面でも、「純粋な」芸術の意義を主張した作品に力をそそいだ。『ルツェルン』は放浪の大道芸人の価値を強く主張したものだったし、『アルベルト』は酒に身をもちくずした、だらしのないバイオリン弾きの芸術を高く評価したものだった。トルストイは実生活でも、酒のみのバイオリニストに同情して、家で養っていたほどだった。ところが、『ルツェルン』も『アルベルト』も、トルストイの作品としてはまったく不出来で、美的でも、純粋芸術的でもなく、自分の考えを生の形で、論争のように主張したものだった。『三つの死』はもう少しゆとりのある作品だったが、それでも、トルストイ独自の「哲学」の絵解きのような作品になってしまっていた。

文学のための文学を主張した時期にも（かえって、ほかの時期より強く）、自分の思想を露骨に主張した作品が書かれていることは、トルストイの文学の本質をよく物語っている。かれは絶対的なもの、不変のものを求めて、文学にたずさわっていたのであり、その中にはモラルも、美も、愛も、生活も、哲学も、歴史も、社会も、政治も入っていた。目先の問題が文学の中でわがもの顔をするのを避けるあまり、「文学のための文学」を主張したり、美を優先させようとするのは、トルストイにふさわしいことではなかった。だから、かれは美の価値を主張しようとした時、美的な作品を書くより先に、「美は大事だ」という考えを生の形でぶつける作品を書いてしまったのである。土俵の外で何を言おうと、いったん土俵にあがれば、自分の相撲しかとれないことを、この時トルストイは実感したはずである。トルストイは親友のフェットのように、星と君を歌う詩人にはなれなかった。この時期をくぐり抜けたことが、まもなく「書きたいことを、書きたい形で書く」という『戦争と平和』の「開き直った」態度につながるのである。

文学、農業のほかに、トルストイは家庭をつくることを、生活の目的にしていた。この頃、トルストイはもう三十歳前後、当然、妻子があっていい年齢だったし、とくにトルストイの場合、家庭生活が大きな意味をもっていた。人間の原点であり、理想でもあると、かれが考えていたソフト・パワーの調和の世界は、幸せな家庭の中で、いちばん実現しやすい。それに、母を早く失ったことが、家庭生活への憧れをいっそう強めていた。しかし、いくら一人で力んでも、相手がいなければ、結婚はできないし、結婚しなければ、家庭ができるはずがない。

当時のロシアの上流階級の若者は、親戚知人などの紹介で結婚することもあり、社交界で適当な相手を見つけて、恋愛結婚をすることもあった。トルストイは我の強い人間だったから、生涯の伴侶は自分で見つけたかったし、女性にもてないタイプだったので、社交界でも恋人を見つけることができなかった。もちろん、かれは当時の上流階級の人間だから、女は早くからたくさん知っていた。初めて女を知ったのは、多分、カザン大学の学生の時で、相手は職業的な女性だったと思われる。かれが退学直前に病気で入院したのも、その後遺症かもしれない。その後もかれは娼婦同然のジプシー女などに接しているし、カフカースでは毎日のように、あやしげな女と付き合っている。結婚後、ソフィア夫人が怒って、カフカース時代の日記から、そういう痕跡を抹殺したと言われているが、それでもたくさんの女性の名前が日記に散見される。カフカースでも、トルストイは再三病名のはっきりしない病気になって、鉱泉療法をしたり、手術を受けたりしており、これも身から出た錆《さび》だったのかと疑われる。

だが、「売り手」と「買い手」という差別による男女関係に慣れることは、正常な男女関係を築く妨げにはなっても、助けにはならない。もともと対等の女性とは縁の薄いトルストイは、この習慣のために、ますます結婚相手を見つけにくくなっていた。かれの「恋人」として、ソフィア夫人の姉エリザヴェータ、カザンの女子学生ジナイーダ、詩人チュッチェフの娘なども挙げられているが、どれも短期間、ちょっとした好意をもったという程度で、問題にならない。

かれが経験した恋愛は一生のうちに三度だけで、その一つが結婚を成就させたソフィアとの愛、あとの二つは、近隣の地主の娘ワレーリア・アルセーニエワへのあまりにも倫理的な愛と、農民の人妻アクシーニアに対する不倫の恋だった。

ワレーリアはヤースナヤ・ポリャーナから八キロほど離れた隣村スダコヴォの地主アルセーニエフ家の長女で、一八五六年にちょうど二十《はたち》になっていた。二年前に、父親のウラジーミルが死んだため、トルストイがワレーリアとその弟妹の後見人に指名されてはいたが、その頃はほとんど交際もしておらず、ワレーリアにも特別の関心はなかったらしい。ところが、一八五六年六月、友人のディヤコフがヤースナヤ・ポリャーナのトルストイのところに遊びに来て、ワレーリアと結婚したらどうかとすすめた。トルストイはその時、まもなく二十八歳になるところで、結婚する気持ちは十分にあったものの、相手が全然いなかったので、大いに乗り気になった。それ以来、トルストイは足しげくワレーリアの家を訪れるようになり、気の早いことに、結婚の対象としてかの女を観察するようになった。

かれは女を金で買うことは平気だったのに、同じ階層の女性に対してはひどく潔癖で、男女交際を遊びではなく、神聖な結婚に向かう前提にしようとしていた。それに、もてない男によくあることだが、トルストイはたまに女性と親しくなれる機会があると、すぐにむきになって、冷静さを失うようなところがあった。しかも、ディヤコフからワレーリアとの結婚をすすめられた時、トルストイはちょうど自分の領地での農奴解放に行き詰まって、落ち込んだ気分になっていたので、家庭生活にとくにひかれていたのであろう。ワレーリアの方の熱はそれほど高くなかったようだが、トルストイはかの女を自分の未来の妻と勝手にきめ込み、猛烈にかの女を「教育」しはじめた。

かれは一八五六年から五七年にかけて、二十通もの手紙をワレーリアに書いており、自分ではそれをラブ・レターと思っていたのだろうが、その内容は肩のこるような説教の連続だった。ワレーリアが八月に戴冠式を見にモスクワに行って、都会の社交界に浮かれているような手紙をよこすと、さっそく「人間ではなく、上流社会を愛するのは恥ずべきことです」とたしなめたりした。トルストイはワレーリアがごく平凡な娘だということには気づいていたが、それでも結婚に向かって一本道を突っ走り、十月にはもうワレーリアに愛を打ち明けてしまった。しかし、それで説教がやむどころか、真の愛や家庭の義務などについての「教育」に、ますます熱がこもっていく。それに対するワレーリアの反応はにぶかったが、それは当然で、普通の二十《はたち》の娘が、まだ婚約もしていない男と交際する時に、むずかしい顔をして真の愛や善行を語るより、もっと楽しく時を過ごしたいと思うだろうし、自分の美しさや、服装のことも話題にしてほしいと思うに違いない。トルストイのように「寝る前に、きょう私はだれかのためによいことをした、自分自身もせめてほんの少しはよくなった、と言えるように生きることが大切です」などと、子どもにするような説教をされたら、女性としては反応のしようがない。ワレーリアの方は生一本《きいっぽん》なトルストイの説教を適当にあしらいながら、二人の距離をちぢめようとしていたらしいが、せっかちなトルストイは一人相撲をとったあげく、ワレーリアの俗っぽさに（と言っても、それが普通の女の子の普通の態度だったのだが）、くたびれてしまった。かれは交際をはじめてから半年もたたない十二月上旬に、「われわれは人生観が違うので、あなたが私に追いつくか、私が後戻りをするか、二つに一つしかない」と、「恋人」の気持ちを逆なでするような手紙を書いて、ワレーリアを突きのけてしまった。

こんな独りよがりな「恋愛」をされた、若いワレーリアの気持ちを察すると気の毒になる。そして、女性の心理を描くことにかけては、世界文学の中でも指折りと言われるトルストイが、どうしてこんな鈍感で、心ない仕打ちをしたのか不思議になってくる。しかし、トルストイは人間がたちまち燃えつきて消えてしまう、恋愛やエロスにおぼれやすいことをよくよく知っており、その恐ろしさを知っていたからこそ、結婚を予想した交際では、そういうものを厳しく抑制したのかもしれない。トルストイは結婚を何よりもまず、人間の義務と見、それをモラルの項目に繰り入れようとしていたのである。

ワレーリアとの間がこじれた後、前章で書いたように、トルストイは西欧を旅行したが、帰国後まもなく、一八五八年の春から農民の女アクシーニアと付き合うようになった。当時のロシアでは上流階級の男が「健康のため」と称して、下層の女を性の道具にするのは当たり前のことで、ツルゲーネフのような道徳意識の高い、最高の知識人でも、そういうことをしていた。ツルゲーネフは生涯独身だったが、娘が一人いて、かれの伝記では、その娘に相応のページがさかれている。しかし、母親は登場せず、「農奴の身分のお針子」などと、一言でかたづけられるのが普通である。

トルストイもやはり同じことをした。

これまでに、差別を憎み、結婚のモラルについてお説教をし、農民の幸福を願って農奴を解放し、その後まもなく、農民の子どものために自宅に学校を開いたトルストイ。その同じトルストイが農民の女性を、性の奴隷にしたのかと思うと、胸が痛む。しかも、相手にはわざと人妻が選ばれた。子どもができた場合などに、未婚の娘では処理が面倒になるからだった。一方では、夫婦の神聖な関係を説いていたトルストイが、他方ではその神聖さを自分で踏みにじっていたのである。

トルストイはアクシーニアがとても気に入り、その関係は二度目の西欧旅行に出かけるまで、まる二年もつづいた。ソフィア夫人をのぞくと、トルストイがこれほど長く付き合った女性は、一生に一人もいない。しかも、結婚後もかれはアクシーニアに未練を残していて、かの女のことを思い出している。のちにかれは『悪魔』(一八八九年)という小説を書いて、結婚前に付き合っていた農民女を忘れることができず、その魅力から逃れるために、自殺をしてしまう地主の悲劇を描いている。創作と事実を混同するのは悪い癖だが、この主人公とトルストイ自身の姿が二重写しになるのは否定できない。最初トルストイは、もちろん、「健康のため」としか考えていなかったが、まもなく「一生のうちでこれほど好きになったことはない」というほどになり、二年後には「夫婦のような気持ち」を感じるまでになった。農民女のアクシーニアも道具ではなく、人間であることを、かれは今さらのように発見したのである。

しかし、トルストイがアクシーニアと実際の夫婦になることはできなかった。第一に、アクシーニアは人妻で、当時のロシアの宗教は離婚を原則的に許していなかった。第二に、階級の壁がある。トルストイのようなレベルの貴族が農民と結婚するのは、当時のロシアでは一種の反社会的行為で、その報復として、上流社会から排斥されることを覚悟しなければならない。それに、どれほどアクシーニアが気に入ったといっても、トルストイとかの女の間には、生活習慣、教養、ものの考え方などに越えがたい深淵がある。トルストイはたびかさなる農民との苦い接触を通じて、そのことをよく知っていた。人間が差別のある社会に生きている以上、愛にもやはり差別が入り込む。愛が深まれば深まるほど、それを断ち切る差別の刃も鋭くなってくるのである。

トルストイはのちに、愛を描いた小説として、世界最高の作品の一つ『アンナ・カレーニナ』を書き、さらにトルストイ主義と呼ばれる晩年の思想の中で、愛や性を深刻に論じた。そのかれの考えはなかなか理解しにくいが、その原因の一つは、トルストイが愛の底に差別、搾取などの問題を見て、複合的な視点から愛をとらえていたからである。それは、アクシーニアとの苦しい愛をふくめて、かれのさまざまな実体験からにじみ出たものなのだが、このことは『アンナ・カレーニナ』やトルストイ主義について話す時に、改めて取り上げることにしよう。

アクシーニアの息子チモフェイはトルストイによく似ていて、農民の間では「伯爵様のおとし子」と噂されていたという。だが、トルストイ自身は晩年にただ一度チモフェイのことに触れただけで、あとはいっさい口をつぐんでいた。自分に対して実に厳しくて、時にはありもしない罪で自分を責めたてたトルストイだが、そのかれにとっても、アクシーニアとの恋は、底まであばきつくすのが恐ろしい、苦い思い出だったのかもしれない。

アクシーニアとの関係がまさに最高潮に達していた一八五九年十一月、トルストイは自宅に学校を開いて、農民（主として子ども）の教育をはじめた。この学校開設のことを、かれは事前にだれにも知らせなかったので、急に思いついたような印象を与える。しかし、実はそうではなく、それなりの準備と前提があった。第一に、トルストイは十年前の一八四九年にすでに、小規模ながら農民教育をはじめていたらしい。そのことはトルストイ自身『国民学校設置総合計画案』の中で触れているし、その時の生徒の一人がのちにかなりくわしい思い出を語ってもいる。それによると、生徒は二十人ほどで、トルストイは教える仕事はしなかったが、時々顔を出して、生徒と遊んでくれた、という。この学校は小規模のもので、一、二年しかつづかなかったが、トルストイはごく若い時から教育事業に興味をもっていたことを、証拠立てている。

それよりはるかに本格的な教育活動をトルストイが思い立ったのは、西欧旅行中、パリでギロチンの死刑を見、ルツェルンで大道芸人への心ない仕打ちを見た直後のことである。かれはルツェルン事件からおよそ二週間後の七月十一日の日記に「自宅に近隣一帯のための村の学校をつくり、そういう種類のまとまった活動をしようという考えが、強く、くっきりと頭に浮かんだ」と書いている。ロシアは混乱しており、西欧も学ぶに値しないとすれば、自分をふくめてロシア人は、自分の道を自分で創造しなければならないと考えた時、トルストイの脳裏に民衆教育のアイデアが浮かび上がってきたのである。だから、前章の最後に書いたように、西欧から帰ってきた時、かれの胸の中には、その新しい計画の芽がひそんでいた。

それから二年あまり、トルストイはこの計画について考え、ある程度、具体的な調査や検討をしていたのであろう。農奴解放の時なども そうだったが、トルストイは重要なことはあまり人と相談せずに、自分で考え、決心がつくと、一気に決行する癖があった。そのため、かれの行為は唐突な印象を与えることがあるが、実際には、深い根をもっていることが多い。しかも、当時のロシア政府は国民教育を政府と教会の手で独占的に管理し、私人が「みだりに」教育活動をすることを危険視していた。だから、トルストイは具体的な見通しがつくまで、軽率に学校開設の話をするのを避けていたのである。

この時期のトルストイの学校と教育活動については、かれ自身の約二十編の教育論文と、この学校の機関誌「ヤースナヤ・ポリャーナ」を通して、かなりくわしく知ることができる。しかし、教員数、生徒数、クラス割、教室の設備や教材など、具体的なことは案外わかっていない。トルストイ自身の手紙から、六〇年三月のヤースナヤ・ポリャーナ学校の生徒数が約五十人だったことは確かだが、開校時はそれより少なかったかもしれない。近隣の農民の人口数と、女子はほとんど学校に行かなかった当時の習慣から考えて、生徒数の上限は七十人から百人くらいまでだったと考えられるから、五十人はその五十〜七十パーセントで、かなり高い割合だったと言える。最初、トルストイは農民たちが学校に半信半疑な態度を見せていることを嘆いていたが、この数字を見ると、ごく短期間のうちに学校は農民の信頼と関心をかち得たようである。

この時の学校では、トルストイ自身も積極的に教えていたが、ほかに延べ二十人ほどの教師が勤務していた。はじめ、かれは伝統に従って、宗教関係の筋から教師を集めたが、その仕事ぶりに満足できず、ほかの村にも学校を開いたので、モスクワ大学の学生などから教師を集めるようになった。その際、トルストイは学生運動に参加して、放校処分になった学生を受け入れることをためらわなかった。かれは自分の経験からして、大学をやめた若者の中に、教育に熱心な人間がいることを疑わなかったのである。これはたしかに正しい判断だったが、次章で述べるように、それがトルストイの学校の命取りになってしまった。

トルストイの教育活動はあまりにも大きな問題で、一冊の本を捧げても書きつくせない。かりに小説を一つも書かなくても、トルストイの名は、教育者として、現代も記憶されているはずである。ここでは、その内容には到底踏み込めないので、ただ次のことを言うだけにとどめよう。トルストイの学校の第一の特色は、なんと言っても、自由である。農民を解放し、法律的に自由な状態にしても、教育、つまり、人間の精神や人格の形成が自由に行われないかぎり、本当の自由はない。そして、人間は本来自分の精神と人格を、自発的につくろうとする意欲と能力をもっており、教育とはその自発的な人間形成の場をつくり、その手助けをすることでしかない。そうトルストイは考えたのである。はじめのうち、かれは自分たちインテリが知識を与えることで、民衆の人間形成に役立とうと考えていた。しかし、いざ実際に教育活動をはじめてみると、いわゆる教師も、生徒の人間形成に付き合うことで、自分自身の精神と人格を高め、結局は自分も学び、教えられるのであり、教育とは本質的に平等な人間と人間が裸でぶつかり合う場だ、ということを実感した。トルストイの民衆教育は啓蒙活動や慈善事業ではなかった。それは、欠点もふくめた、かれの全人間性をさらけ出すことだった。だから、トルストイの教育実践は結局、生徒とともに話し、考え、遊び、歌い、喜び、悩むことだったのである。

しかし、トルストイが表で立派な民衆教育をしながら、裏で農民の人妻と密会していたことを知ると、かれの教育活動が偽善のように思えてくるかもしれない。しかも、さっきはわざと伏せておいたが、トルストイの最初（四九年）の学校のことを、のちに誇りと愛着を込めて回想した農民エルミール・バズイキンは、ほかでもない、トルストイの不倫の相手アクシーニアの夫であった。かれはかつての教え子の妻を抱いたその手で、教鞭をとって農民の子どもたちの前に立っていたのである。だが、繰り返して言えば、トルストイの教育事業はただの慈善事業ではなかった。それは聖も俗もひっくるめた、泥まみれのトルストイと農民の関係の一つの側面だったのである。

八　結婚、『戦争と平和』

『戦争と平和』執筆のころ（1868年）

トルストイは一八六〇年六月二十五日、二度目の西欧旅行に出発した。最初の西欧旅行から、ちょうど三年がたっていた。今度の旅行は自分の目でヨーロッパを見るといった漠然としたものではなく、いくつかの具体的な目的をもっていた。そのうちの二つはプライベートなもので、療養先のキッシンゲンで危篤に陥った長兄ニコライを見舞う、というより、その死に立ち会うことと、夫と別居して、心身ともに疲れている妹マリアを外国につれて行き、静養させることであった。そのほかの目的はもっと一般的なもので、西欧の教育の実情を知ること、ゲルツェンなど亡命中のロシア知識人や、プルードンなど西欧の思想家と会うことだった。

兄ニコライは療養のかいもなく、九月二十日、結核のために死んだ。トルストイは戦場でたくさんの死を見てきたばかりでなく、近親者の死にも慣れていたはずだったが、兄の死には強い衝撃を受けた。トルストイばかりでなく、だれからも尊敬される立派な人柄のニコライが、三十なかばの男ざかりで死んだことは、トルストイにとってショックだったに違いない。しかも、のちに書かれた『アンナ・カレーニナ』を見ると、トルストイ自身に似た主人公レーヴィンの兄（その名前はやはりニコライである）は結核にかかり、死の意味がわからないまま、悩み苦しみながら、死んでいく。もしこの死が現実のトルストイの兄の死にヒントを得たものだとすれば、かれは、死を前にして死の意味を理解できなかった兄の苦しみを、目のあたりにしたことになる。そして、自分自身ももう相当な人生経験をしながら、あいかわらず「何のために、どこへ向かって」生きているのかを知らないことに、ぞっとしたのであろう。この後、トルストイはたえず自分に向かって、「何のために、どこへ向かって」と問いかけるようになっている。

トルストイ家は四男一女の五人兄弟だったが、四人の兄弟の中で、妹のマリヤをいちばんかわいがって、何かにつけて心配していたのは、四男のレフ（つまり、作家のトルストイ）だったようだ。妹は若くして、親戚筋のワレリアン・トルストイと結婚したが、不和になり（原因はワレリアンの浮気だという）、別居してしまった。当時教会の掟では、離婚は原則的に許されなかったが、トルストイは妹の離婚を成立させるために奔走したり、ツルゲーネフと再婚させようと試みたり、疲れた妹を外国に静養につれて行ってやったりした。だが、そういう肉親のかたよった愛情が、本当にマリアのためになったかどうかは疑わしい。のちにトルストイ自身それに気づいて、深く悩むことになるのだが、そのことは、次の章で『アンナ・カレーニナ』について述べる時に、重要なポイントの一つになるはずである。

西欧の教育事情の研究という目的も順調にはたせた。伯爵の肩書きと、不自由を感じない外国語力などのために、トルストイはどこへ行っても歓迎されたようで、キッシンゲン、マルセイユ、ロンドン、ブリュッセル、ワイマールなど、行く先々で学校を参観し、生徒たちに質問をしている。しかし、もともと西欧にバラ色の幻想をいだいていなかったトルストイは、最初の旅行の時にパリで死刑を見、ルツェルンであわれな放浪の音楽師を見たのち、西欧に何の期待ももたなくなっていた。だから、かれは自分の教育事業のお手本を求めて、西欧の学校を参観したのではない。たしかに、フレーベル、アウエルバッハなどは、かれの尊敬する教育家だったしヨーロッパの学校からも学ぶところはあったが、全体として、西欧の教育は、トルストイから見れば、悪い見本だった。支配者による教育の管理統制、知識の詰め込み、機械的な教え方など、多くの点が間違っている、とかれには思えた。それを確認することで、トルストイはロシアでこそ、そして、自分こそが正しい教育ができるという自信と、しなければならないという使命感をますます強めた。

この旅行中、トルストイは六一年二月に、ロンドンで亡命中のロシアの思想家、作家ゲルツェンに会い、同じ三月の下旬にはブリュッセルでフランスの思想家プルードンに会っている。トルストイは以前から、この二人の著作を読んで関心を示しており、ゲルツェンのことは、かれはロンをよく知っているボートキンなどからも話を聞いていた。最初の旅行の時にすでに、かれはロンドンに行って、ゲルツェンに会う計画だったが、前に述べたような事情で、旅行を早めに切り上げたため、その計画は実現しなかった。つまり、トルストイがこの二人に会ったのは偶然や、旅先のひまつぶしではなく、予定された目的の一つだったのである。しかし、トルストイとこの二人の出会いについては、何の文書も残っていないため、細かいことはわからない。ゲルツェンもプルードンも、当時のロシアでは、政治的に危険な人物と見られていたから、トルストイは二人と話し合った内容を、おそらく意識的に文字に残さなかったのであろう。

よりどころになる資料がない以上、大まかな推測しかできないが、トルストイはロシアの農村共同体を基礎とする、ゲルツェンの農村社会主義や、プルードンのユートピア的な社会主義と無政府主義に共鳴し、ロシアが進む道はその線にあると予感して、直接二人の意見をただし、自分の意見も言ってみたかったのであろう。トルストイがこの二人に会う直前の二月十九日に、ついにロシアで農奴解放が発令され、ロシアは歴史的な大転換期を迎えた。しかも、トルストイがゲルツェンと会った直後に読んだ解放令の内容は不十分で、かれをひどく失望させた。母国の未来に対するトルストイの思いは、ますます深刻にならざるをえなかったのである。かれが思い描いたロシアの未来像は、西欧的な資本主義国家ではなく、共同体的な相互扶助による、暴力も権力もない社会だったのであろう。これは前に再三述べた、かれが理想とするソフト・パワーの調和の世界につながるものでもあり、のちのトルストイ主義の政治、社会思想にもつながるものであった。ゲルツェン、プルードンとの出会いは、そのトルストイの思想形成にかかわる、重要なできごとだったのである。

トルストイは旅行の目的を十分にはたして、六一年四月中旬に帰国し、ふたたび教育活動に精力的にとりかかり、調停判事として、解放後の農民の利益のためにも尽力した。ところが、まもなく、五月下旬におかしな事件が起こった。十九世紀ロシア文学を代表する二人の作家、トルストイとツルゲーネフが口論のあげく、あわや決闘をするところまで行ったのである。その発端は一見つまらないことで、ツルゲーネフが、貧民の服をつくろっている自分の娘の慈善活動について得意そうに話した時、トルストイがそれは偽善だと非難し、ツルゲーネフも負けずにやり返して、けんかになってしまったのである。これは表面的に見ると、二人の性格の相違や、負けず劣らずの自尊心からくる衝突のように見えるが、実は、その底に隠された根があった。

前に書いたとおり、ツルゲーネフは生涯独身で、娘というのは、農奴の女に産ませた子どもだった。一方、トルストイは二年つづいた農民女アクシーニアとの仲を、西欧旅行を機会にようやく清算したが、そのアクシーニアに子どもができ、その父親が自分かもしれないという不安に悩まされている最中だった。二人はひそかな心の傷を責め合い、お互いの生き方や人格全体を傷つけ合って、理性を失ったのであろう。この決闘騒ぎは、ツルゲーネフが謝罪して、一応落着したが、両者の絶交はその後十七年間もつづいた。これは、二人の大作家のエピソードと言ってかたづけるには、あまりにも痛ましく、根の深いできごとであった。

この一見ささいなできごとでも爆発するくらいに、この頃のトルストイは苦境に立たされていた。学校の仕事は順調に見えたが、その実、前の章で書いたように、泥まみれの闘いの連続だった。その結果、かれは農民の不信の壁を破って、かれらに近づくことができたものの、その言動が今度は近隣の地主たちの不信の的になりはじめた。政府もトルストイの「不穏な」動きに目を光らせはじめた。それやこれやで、トルストイは疲れきって、自分も兄のように結核にやられたのではないか、と不安になった。そこで、六二年五月には調停判事の職も辞し、バシキール地方にクミス療法に行くことにした。クミスというのは中央アジアの遊牧民が馬乳を発酵させてつくる飲物のことで、タンパク質、脂肪、ビタミン、有機酸、少量のアルコールをふくむ、消化・吸収のよい、理想的な総合栄養食品である。これさえ飲んでいれば、健康に生きられると言われるほどで、現在でも中央アジアにはクミス療養所が設けられている。トルストイはバシキール地方が気に入り、クミス療法も効を奏したが、このトルストイの留守をついて、七月初めに、警察がヤースナヤ・ポリャーナの屋敷の家宅捜索を行うという事件が起きた。

当時のトルストイは農民の教育をしたり、調停判事として農民に同情的な態度をとったり、ヨーロッパでゲルツェンやプルードンに会ったり、「不穏な」言動が目立っていた。その上、かれは学生運動で退学になった元学生を、学校の教師に多数雇っていた。当局はこれが組織的な政治活動に発展するのではないかと、神経をとがらせたのである。そのような政治活動の事実はもともと存在しなかったし、ゲルツェンの手紙や写真は、家人がうまく隠したので、トルストイの嫌疑を裏付ける証拠は何ひとつあがらなかった。トルストイは七月末、バシキールからヤースナヤ・ポリャーナに戻る途中で、この家宅捜索の報を聞き、猛烈に腹を立てた。かれとしては何も悪いことをしていないのに、なぜ警察が踏み込んできたのか、と思ったのであろう。しかし、トルストイのこの時期の言動は明らかに反体制的で、しかも、ますます体制から離反する方向に向かっていた。たとえば、現状に不満な学生を集めて、学校の教師にし、民衆と接触させたトルストイの試みは、この十五年後にはじまって、ロシアの体制を揺るがした「ヴ・ナロード（民衆の中へ）」の運動を先取りしたものだった。自分のしていることが、それほど「危険な」ものだとは、夢にも思わなかったトルストイにひきかえ、官憲はトルストイの動きに不穏な臭いを敏感にかぎとった。さすがに、体制を守る者たちはこの時すでに、トルストイが自分たちの味方でないことを見抜いていたのである。

トルストイはクミス療法を終えて七月三十一日にヤースナヤ・ポリャーナに帰ったが、そのわずか一月半後の九月十六日に、皇室付きの医者ベルスの次女ソフィアに結婚を申し込み、その一週間後には、結婚式を挙げてしまった。実にあわただしい結婚で、現代なら、「有名作家トルストイ氏電撃結婚！」とはやし立てられるところだろう。この時、トルストイは当時としては壮年の三十四歳、ソフィアは十八歳の若さだった。新郎や新婦に「どうして結婚したのですか」などと尋ねるのは愚問だが、それでもやはり、トルストイはなぜソフィアとこんなに急いで結婚したのかと、問いただしたくなる。かれ自身の文学作品の中で、この結婚にいちばん似ているのは、『アンナ・カレーニナ』のレーヴィンとキティの結婚で、レーヴィンはやはり申し込みの直後に、あわただしく結婚している。しかし、レーヴィンの場合は、数年前からキティを愛していて、一度申し込みをしながら、断られたといういきさつがあった。だから、二度目に申し込みが受け入れられた時、あわてて結婚したくなったのも納得できる。トルストイとソフィアの間には、そんな込み入った事情はなかった。トルストイとベルス家は古くからの知り合いで、ソフィアの母リュボーフィはトルストイより二つ年下の幼なじみだった。子どもの頃、トルストイはかの女に淡い想いを抱いたという話もあるし、ベルス家ではソフィアの姉エリザヴェータを、トルストイと結婚させようと望んでいたようなふしもある。だが、トルストイとソフィアとの間には、これまで何もなく、この時になって急に愛が燃え上がり、一気に結婚にまで突き進んだのである。

トルストイとソフィアの個人生活の範囲内では、このあわただしさをうまく説明することができないので、これを「国内亡命」と解釈する人もある。学校や調停判事の仕事で疲れ、家宅捜索で体面をけがされ、急進的な反体制運動とその弾圧の激化に嫌気がさしたため、結婚をして、家庭の城を築き、その中に「国内亡命」して、しばらくの間、社会から逃避したというのである。これは一つの推測にすぎず、その真偽をはっきりさせることはできない。だが、この時のトルストイのあわてぶりを見ると、個人的な愛情や結婚願望以外の要素が、かれとソフィアの結婚に作用したのではないかという気が、私にもする。大学中退、帰郷の時も、カフカース行きの時も、また、のちの『懺悔』や家出の時も、トルストイは込み入った事情が糸のようにからみ合うと、それを少しずつ、時間をかけて解きほぐすより、アレクサンダー大王のように、ひと思いに糸のもつれを断ち切って、新しい環境に脱出したり、新しい状況をつくり出す癖があった。ソフィアとの結婚もある程度、このような「脱出」の部分をもっていた可能性がある。

だが、もちろん、結婚には家庭の建設、個人的な日常生活の安定という積極的な目的がある。トルストイの場合、その目的は十分にはたされたと言っていい。約半世紀にわたるトルストイ夫妻の生活を見、その愛憎や葛藤を知ると、はたしてトルストイとソフィア夫人はふさわしい組み合わせだったのか、という疑問もわいてくる。トルストイの妻としては、もっと視野の広い女性がよかったのかもしれないし、ソフィアには、もう少し普通の男性の方が夫にふさわしかったかもしれない。しかし、それにしても、ソフィア夫人をソクラテスの妻クサンチッペやリンカーン夫人と並べて、世界の三大悪妻などと言うのは、酷であろう。かの女は健康で、家政もうまく切り盛りし、献身的で、しかも、トルストイの非凡な才能をよく知って、仕事の面でもかれを助けた。トルストイの個人生活が安定し、創作活動に集中する環境ができて、結婚後十五年の間に『戦争と平和』と『アンナ・カレーニナ』が書かれたのは、ソフィア夫人の力に負うところが多い。もっとも、トルストイはのちに『懺悔』で、この十五年間をエゴイスティックな時代として、後悔しているが、それはもちろん、ソフィア夫人の罪ではない。

結婚後、トルストイ夫妻には毎年のように子どもが生まれ、農業経営も順調に発展し、『戦争と平和』以前では最大の作品、『コサック』も発表された。一方、親族の間に、次の章で述べるような複雑な事件が起こって、トルストイはそのために奔走したり、心配する羽目にもなった。しかし、結婚後の最大のできごとは、なんと言っても、『戦争と平和』の執筆である。世界文学の中でも指折りのこの大作は、結婚後二年ほどたって、一八六四年秋に書きはじめられ、五年の歳月を費やして、六九年秋に完成した。この時、トルストイは三十代の後半から四十になろうとする頃で、当時の人間としては、まさに男ざかりであった。

しかし、伝記の範囲では、作品の内容に立ち入ることはできない。『戦争と平和』や『アンナ・カレーニナ』のような大作の場合は、なおさらである。ここでできることは、作品とトルストイの実生活とのかかわりを見ることだけにかぎられる。

『戦争と平和』とトルストイの実生活との、間接的な関係まで取り上げれば、きりがない。直接のかかわりだけに抑えても、『戦争と平和』は、クリミアから帰ってきた後にトルストイが経験した、さまざまな生活上の問題や、精神的な問題に対する、深くて、広くて、総括的な答えだったと言わなければならない。その多面的な答えを、思いきって二つの問題にしぼれば、一つは歴史の流れと一人一人の人間の生活の関係、もう一つは、貴族（地主）と民衆（農民）の関係という問題になる。

トルストイは、カフカースとクリミアで自分自身の世界観の輪郭をつくり上げて帰国した。しかし、トルストイの考えは神、自然、永遠、不変などを軸にしていたのに、ロシアは、農奴制をどうするか、祖国の今後の進路をどちらに向けるべきかといった、社会的な問題に沸き立っていた。トルストイはこのような自分の問題と、時代の問題との格差に悩み、傾向文学に反対したり、死刑や大道芸人に対する侮辱に腹を立てたり、農民の教育をはじめたり、いろいろなことを試みた。『戦争と平和』は文学的フィクションの世界の中で、それらに総決算をつけようとするものだった。だから、『戦争と平和』には、ロシアがナポレオンを打ち破った、一八一二年の祖国戦争を中心とする、輝かしい歴史の数ページが描かれてはいるが、それはただ「戦争」をテーマとする「民族的叙事詩」ではない。ナポレオンやクトゥーゾフ将軍のように、歴史の表舞台で活躍した人々とは違う、普通の人間たちの、日常的で「平和な」生活——生まれ、育ち、愛し、産み、老い、死ぬ、といった平凡だが、しかし、かけがえのないいとなみ——は、モスクワを焼きつくした大戦争の最中でも、たえまなく、したたかにつづけられ、しかも、その平凡で、「平和な」生活こそが作品の中心になっている。そして、本当の歴史は、このかぎりなくゼロに近い、個人個人の生活の総和なのであり、ナポレオンがロシアに侵入したとか、皇帝同士が会見したということは、この全体の生活の末端にすぎない。

『戦争と平和』のいちばん重要な主人公ピエールは、作品の終わり近くで、水滴がびっしりくっつき合った地球儀を夢に見る。水滴はみんなできるだけ大きくなろうとして、押し合い、へし合いし、つぶれたり、別の水滴と融け合ったりしている。「はら、これが生きるということなのだよ」と、夢の中で昔の先生がピエールに言う。「まん中に神様がいて、どの水滴もできるだけ大きく神様を映し出すために、一生懸命大きくなろうとしている」。雄大な大河小説の千分の一の分量にも満たない、このささやかなエピソードは、しかし、読者の心にくっきりと残る印象深い場面であり、実際に、『戦争と平和』のキーとも言える、重要な意味をもっている。最初に地球儀という全体があって、その表面に水滴が浮いているのではない。一つ一つの水滴が寄り集まって、全体の地球儀ができているのだ。『戦争と平和』の全編が、そして、一字一句の端々が、そう訴えているのである。

こうして、トルストイは歴史の流れに押しつぶされかけている人間の生を救い出そうとした。そして、そうすることによって、トルストイは、一人一人の生命におかまいなしに突進する、ロシアの社会潮流に抵抗したばかりでなく、一つの目的や理念に向かってできるだけ直線的に進もうとし、その結果、ヒューマニズムをとなえながらも非人間的になっていく近代社会全体に、大きな疑問符を投げつけたのであった。

トルストイと民衆（農民）の関係が複雑で、かれがそのためにどれほど苦しんだかは、これまで本書で、点描的に述べてきたことからだけでも、十分に感じとっていただけると思う。『戦争と平和』を書く直前に、かれは民衆と融合できる、学校という特別の場をつくり出すのに成功したが、それは貴族知識人の最後の必死の努力にすぎなかった。トルストイ個人がどんなに頑張っても、農奴解放が実施された今となっては、特権的な貴族はもはや民衆にとって邪魔者でしかないし、破滅する運命を背負っていた。しかも、貴族が消え去って、新しい社会ができても、西欧の現実が示しているように、貧富の差や階級対立は、むしろ、強まっていく。

こうした状況の中で、トルストイはすべてのロシア人が一つに融け合い、しかも、自分たち貴族階級が先頭に立っていた時代を探し求めた。そして、二回目の西欧旅行の途中、一八六〇年十月に、長編小説『デカブリスト』を書きはじめた。デカブリストというのは、ロシアを専制国家から立憲君主国に（一部の急進派は、共和国に）しようと願う、貴族知識人のグループで、若い良心的な貴族の多くは、直接このグループに参加するか、間接的に協力していた。アレクサンドル一世が一八二五年に急逝し、十二月十四日に新しい皇帝への宣誓式が行われるのを機に、デカブリストたちは宣誓を拒否し、憲法要求をかかげて、クーデターを起こそうとしたが、あえなく失敗に終わってしまった。デカブリストという呼び名は、十二月を意味するロシア語の「デカーブリ」からつくられたもので、「十二月党員」と訳されることもある。かれらのクーデターが十二月に行われたことから、この呼び名が生まれたのである。

トルストイはこの作品の準備に時間をかけ、流刑から帰ってきた、生き残りのデカブリストに会ったりもしたが、まもなく、この小説を打ち切ってしまった。デカブリストたちの多くは、一八一二年の祖国戦争の参加者であり、それを抜きにして、デカブリストを語ることはできないと考えたからであった。しかも、自分の学校で、農民の子どもたちにいちばん人気のあるのは、ロシア人がナポレオンをさんざんにやっつけた話で、トルストイはこの歴史的事件が、半世紀たった今も、すべてのロシア人を一つに結びつける力をもっていることを実感した。

一八一二年の戦争は、たしかに、祖国防衛という一つの目的のもとに、ロシアの国民をある程度結集させた。トルストイはそれをもとに、すべてのロシア人が融け合った、幸せな調和の世界を、文学的なフィクションとして、描き出したのである。かれは実生活の中で、農奴を解放し、農民のための学校をつくり、農民の女を愛した。しかし、そのような民衆との接近や融合は、あまりにも苦しく、不十分なものだった。『戦争と平和』はその現実を、創作の世界で乗り越え、一つにまとまった、壮大なロシアを描いたものであった。

そして、このロシアの民族的な調和は、歴史の流れにかかわりなく、「人間のいとなみ」をつづけており、本当の意味で「生きている」登場人物に結びつく。もっとも重要な男性の登場人物ピエールは、ベズーホフ伯爵と庶民の女の間に生まれた婚外子だったし、女主人公ナターシャは、農民ともすぐに意気投合できる、生まれながらのロシアの心をもった女性だった。しかも、この二人は波乱万丈の末に結ばれて、幸せな家庭を築く。こうして、ロシアの大きな調和が、ピエールやナターシャのささやかで、確かな生と一体になり、『戦争と平和』は歴史小説、民族的叙事詩の枠を超えて、世界文学でも比類のない「人間賛歌」になる。

この壮大な作品を書いて、トルストイは自分でも認めているように、ゲーテやシェイクスピアと並ぶ大作家になり、世界的な名声も、巨額の印税も手に入れた。しかし、その結果、かれは安住の境地に達するどころか、逆に、不安をつのらせていく。「このすばらしい調和と生命のエネルギーの世界が、文学のフィクションの中でしか成り立たない、白昼夢にすぎないとしたら、それを描いて、人に示してどうなるのか?」と、トルストイは自問した。かれは幸せな歴史の夢からさめて、もう一度現実へ戻らなければならなかったのである。

九　『アンナ・カレーニナ』

クラムスコイによる肖像画（1873年）

『戦争と平和』は、読む人に生きる力を与える、たくましい「人間賛歌」である。生きることが今よりずっと苦しかった時代に、絶望しかけていた人が、この作品を読んで、ふたたび生きる意欲をかき立てられた例は、たくさんある。しかし、トルストイ自身は虚構の中で、壮大な調和の生の世界を構築した代償に、安定した心境ではなく、不安と悩みを受け取った。作家トルストイが創作した『戦争と平和』が、数々の深刻な問題を、現実に生きる人間トルストイに、突きつけたのである。

かれは『戦争と平和』を完成する少し前から、人生についてもう一度根本的に考え直す必要を感じ、ショーペンハウアーやカントを読みふけったりした。そして、『戦争と平和』がほぼ完成した一八六九年九月、これまでにない、不思議なことがトルストイの身に起こった。かれは『戦争と平和』のおかげで、お金に余裕ができ、それを土地に投資しようとして、新聞の「売地」の広告に目を通していた。農奴制廃止後のロシアでは、土地の売買がさかんになり、新聞にも土地の広告が出るようになっていたのである。かれはその新聞広告の一つで、名門ゴリーツィン家のペンザ地方の領地が売りに出ていることを知り、実地検分に出かけることにした。

ヤースナヤ・ポリャーナからペンザまでは、直線距離で五百キロほどだが、当時は鉄道が普及していなかったので、旅程の半分は馬車を乗り継いで、到着までに五日もかかる長旅だった。

その長旅の途中で、トルストイは次第に自分のしていることがむなしくなり、「何のためにこへ向かっていくのか?」と不安になりはじめた。そして、一泊したアルザマスという町の旅館で、その気持ちが高まって、とうとう居ても立ってもいられないほどになった。ソフィア夫人あての九月四日の手紙で、かれは「こんな苦しい気持ちは一度も味わったことがないし、だれにも味わわせたくない」と書いている。そして、十五年後の一八八四年に書かれた未完の小説『狂人日記』の中でも、この時と同じような恐ろしい気持ちを、主人公に体験させている。主人公は不安のために、どうしても眠れず、「何のためにおれはここまで来たのか?……ペンザの土地があっても、どこの土地があっても、おれには得にも、損にもなりはしない」と、自分に向かって言う。そして、いずれは死がやって来て、すべてが消滅するのに、こんなことをしていていいのか、と不安になり、思わず十字を切って、神に祈るのである。

意外に思えるかもしれないが、『戦争と平和』を書き上げた時のトルストイの心境は、このようなものだった。どれほど名声や富を手に入れても、永遠の生命につながらなければ、かれは安心できなかった。たしかに、かれは『戦争と平和』の中で、永遠の生命をうたいあげた。しかし、それをフィクションの世界ではなく、現実の自分の生活の中で実現しなければ、気がすまなかったのである。

この状況を抜け出そうとして、トルストイは『戦争と平和』の時代より百年ほど前の、ピョートル大帝の時代を題材にした歴史小説を書こうとしたこともあった。しかし、結局、かれは『戦争と平和』の重みを受けとめられるだけの現代小説を書いて、『戦争と平和』の壮大な世界を、白昼夢に終わらせず、現在の状況の中で検証しようとする。その現代小説が、一八七三年に着手され、七七年に完成された『アンナ・カレーニナ』にほかならない。

『戦争と平和』はスケールの大きい「人間賛歌」であり、「生の賛歌」だった。そして、その中では「愛は生であり、生は愛である」と言われ、「生は神であり、神は生である」とも言われていた。愛と、生と、神の融合――なんというすばらしい境地だろうか。だが、それが歴史の次元から現実に移され、国民が一つに結集した祖国防衛の融合の時代から、混乱と対立の農奴解放後の時代におきかえた時、『戦争と平和』の「愛＝生」という等式は、『アンナ・カレーニナ』では、「愛＝人間関係」という等式に変わり、「愛＝神」という等式は、「愛＝道徳」という等式に変わった。そして、『戦争と平和』の女主人公ナターシャは、恋多き奔放な娘から、良妻賢母に成長していくのに、『アンナ・カレーニナ』の女主人公アンナは逆に、良妻賢母から、不倫の恋をする罪深い女に落ちていく。だが、このような問題には、後でまた立ち戻ることにして、まず、トルストイの伝記的な事実と『アンナ・カレーニナ』とのかかわりを見ていくことにしよう。

『アンナ・カレーニナ』の着想・執筆や、人物のモデルについては、たくさんの伝説がある。しかし、残念ながら、そのほとんどが虚説、憶説の類である。トルストイが偶然プーシキンの作品の書き出しの一行を見て、それにならって、『アンナ・カレーニナ』を書きはじめたとか、詩人プーシキンの娘や、嫉妬のために鉄道自殺した近所の人妻がアンナのモデルだといった話はかなり広まっているが、最近数十年のトルストイ研究の成果を見ると、こうした「伝説」は信用するに足りない。

『アンナ・カレーニナ』の基礎には、当時のロシア全体の愛やモラルをめぐる状況と、トルストイ自身の愛の経験のほかに、かれを深刻に悩ませた、いくつかのプライベートな事件があった。それらの事件が伝記や作品の解説などで、あまり紹介されていないのは、それが関係者のプライバシーにかかわることであり、しかも、トルストイ家の名誉を傷つけるものだったので、故意に隠されていたからである。その、隠されていたプライベートな事件というのは、一つは妹マリアの離婚と、離婚後の新しい恋愛であり、もう一つは二番目の兄セルゲイとソフィア夫人の妹タチヤーナの恋愛で、これにはセルゲイの内縁の妻との生活がからんでいた。

前にもちょっと触れたように、トルストイの二つ年下の妹マリアは、十七歳の頃に遠縁の親戚ワレリアン・トルストイと結婚したが、一八五七年に別居してしまった（原因は夫の浮気と言われている）。この知らせを聞いて、外国旅行中だったトルストイは急いで帰国し、マリアを正式に離婚させようとしたが、うまくいかなかった。おそらく、ワレリアンも離婚に消極的だったのだろうが、当時のロシアでは、一般に離婚はとてもむずかしかった。結婚は教会によって管理されており、しかも、ロシア正教は、カトリックと同じように、婚姻を神聖なものとみなして、容易に離婚を許さなかった。ところが、マリアはまだ離婚が成立しないうちに、外国の保養先で、ヘクトル・ド・クレンというスウェーデン人の子爵と恋愛をして、同棲していたらしく、一八六三年に、その子どもを産んでしまった。

この「不祥事」は、現在のわれわれには理解しにくいほどの衝撃を、トルストイ一族に与えた。名門貴族出身の（法律的にはまだ）夫のある女性が、婚外子を産むというのは、不倫であり、一門の恥であり、神に対する罪であった。一族の者は、このできごとを知ると、なんとか内密に処理しようと苦心した。その先頭に立って奔走したのは、ほかでもない、トルストイ自身で、信じにくいことだが、生まれた子どもの運命や、マリアの責任などはそっちのけにして、ともかく、世間体をつくろうために努力した。

知らせを受けた直後、一八六三年十月に、トルストイはマリアに手紙で、はっきりと、こう書いている。「今、するべきことは何か？　第一は、ヘクトルと結婚すること、第二は、赤ん坊を自分で引き取らず、ぼくに渡すこと、第三は、これがいちばん肝心なことだが、子どもたちや世間に隠しておくことだ」。だが、ヘクトルと結婚するためには、ワレリアンと離婚しなければならない。そこで、トルストイはワレリアンに働きかけ、一、離婚してくれること、二、子どもはマリアの側に残すこと、三、子どもの養育費を払うこと、という提案をした。これは、ワレリアンの立場や気持ちをまったく無視したものであった。しかも、この場合、マリアがヘクトルの子どもを産んだことなどは、当然、ワレリアンには隠していたはずである。だが、この離婚問題は、予測もしないかたちで、急転直下、解決した。六五年一月初めに、ワレリアンが急死してしまったからである。

この知らせを聞いて、トルストイはマリアのお産の知らせを聞いた時に劣らず、強いショックを受けた。そして、死という厳粛な事実を前にして、かれは初めて、自分がマリアや自分たち一家の利益だけを考えるエゴイズムのために、ワレリアンに心ない仕打ちをしていたことをさとった。「死の中でいちばんよくないのは、ある人が死んでしまうと、その人に対して悪いことをしたのを、あるいは、よいことをしなかったのを、もはや改められないということです」と、トルストイは叔母に手紙で告白している。マリアの別居の真相はわからない。が、かりに、ワレリアンに責任があったとしても、ワレリアンに対する自分の行為は、悪に対して、悪で報いるものではなかったかと、トルストイは後悔したのである。『アンナ・カレーニナ』の中で、アンナの兄オブロンスキーが、妹の離婚のために奔走するありさまを、身勝手で、浅はかな行為として、戯画的にトルストイは描いているが、それは、実は、十年前の自分の姿だったのである。

マリアは意外な結末で、前の夫から解放されたので、アンナのように、自殺の悲劇にまではいたらなかったが、ヘクトルとの新しい家庭生活も（くわしいことはわからないが）、幸せではなかったらしい。かの女は十年ほどして、夫を連れずにロシアに戻ってきているし、八〇年代からは修道院に入り、修道尼として、余生を送っているからである。ヘクトルとの間に生まれた娘のエレーナもロシアで暮らし、ロシアの裁判官のデニーセンコと結婚した。トルストイはこの夫妻と親しく付き合っており、家出の時の相談にものってもらっている。妹のマリアとも、トルストイはずっと付き合っており、一九一〇年十月に家出を決行した時にも、シャモルジーノ村の修道院にいる妹をたずね、最後の対面をしている。その時、二人がどんな話をしたかは知るよしもないが、五十年前の思い出が、年老いた兄妹の胸の中を去来したのではあるまいか。

もう一つのできごとは、トルストイの二番目の兄セルゲイと、ソフィア夫人の妹タチヤーナの恋愛である。二人は二十ほど年が離れていたが、真剣に愛し合うようになり、トルストイとソフィア夫人が結婚してから一年たった六三年秋頃には、義理の兄妹の結婚が予想されるようになった。これはマリアがヘクトルの子どもを産んだのとちょうど同じ時期で、トルストイ一族は二つの恋愛に、振り回される羽目になった。トルストイはセルゲイとタチヤーナの恋愛にあいまいな態度をとっていたが、ソフィア夫人などは賛成で、二人が結ばれることを望んでいた。

セルゲイは一八二六年生まれで、この頃もう四十に近かった。おまけに、かれには十五年も同棲している内妻と二人の子どもがおり、三人目が生まれるところだった。妹のマリアや小説のアンナの例が示しているように、当時、貴族の女性が内縁のまま、子どもでも産もうものなら大変だったが、上流階級の男が下層の女と内縁関係をもつのは、何の問題にもならなかったし、子どもが生まれても破廉恥なこととは思われなかった。前にも書いたように、トルストイやツルゲーネフなどの最高の知識人でも、そういうことをしていたのである。

セルゲイの内妻は、ロシアでは差別されているジプシーの女性だった。ジプシーは定住をきらう人たちで、近代社会には融け込めず、家畜番、日雇い、占い師、芸人、娼婦などをしている者が多かった。セルゲイの内妻の素性はよくわからず、ジプシーで、国有地の農奴の娘と言われているが、セルゲイはかの女と、酒場のようなところで知り合ったのではあるまいか（ちなみに、トルストイの三番目の兄ドミートリーは、娼婦をしていた女性と同棲していた）。だから、ソフィア夫人などは、セルゲイに内妻がいても、タチヤーナとの結婚の障害になるとは考えなかった。セルゲイもいずれは「普通の、正式な」結婚をしようと思っていたらしく、タチヤーナが現れると、本気でかの女を好きになってしまった。しかし、二年ほど曲折があった後、タチヤーナが結婚を断る手紙をセルゲイに送り、二人は結ばれずに終わった。

ソフィア夫人はとても残念がったが、トルストイはこの時はもうあいまいな態度を捨て、二人が別れることにはっきり賛成した。タチヤーナがセルゲイに別れの手紙を書いたのは、一八六五年なかばで、妹マリアの前夫ワレリアンが急死し、トルストイがショックを受け、人の犠牲の上に愛を築くことの恐ろしさを、身にしみて感じた直後にあたる。このことを考え合わせると、トルストイが積極的に働きかけて、タチヤーナにセルゲイをあきらめさせた、という推測も成り立つ。少なくとも、トルストイが二人の関係の清算に協力的で、二人が別れた後、セルゲイと内妻を正式に結婚させるために、尽力したことは事実である。

妹の場合、トルストイは肉親かわいさのあまり、モラルを見失っていたが、セルゲイとタチヤーナの場合には、はっきり夫婦のモラルの方を選択し、情熱的な恋を追い払った。しかも、セルゲイの内妻は、当時の常識では、対等のモラルの対象になるような人間ではなかったから、トルストイがこの場合、どれほどモラルを重視し、恋愛に厳しい態度をとったかがわかる。トルストイの努力が実って、六七年六月に、セルゲイは内妻のマリアと正式の夫婦になった。おかげで、セルゲイは他人の不幸の上に、自分の幸福を築かずにすんだ。

しかし、トルストイは立派なことをして、兄を救ったのか、それとも、余計なおせっかいをして、兄の後半生をだいなしにしたのか、よくわからない。なぜなら、この結婚のおかげで、セルゲイは世間の表面に出られなくなり、残りの生涯をひっそりと過ごさなければならなかったからである。トルストイとアクシーニアの関係のところで述べたように、当時、上流の人間が下層の人間と正式に結婚するのは、常識に反することで、世間から相手にされなくなっても、仕方がなかった。マリアの場合、トルストイは妹かわいさから、モラルをかえりみなかった。セルゲイの場合は、逆に、モラルに忠実なあまり、兄自身も、タチヤーナも、さらには、ソフィア夫人までも苦しめてしまった。愛や道徳などの次元では、人間の知恵で考え出されるものは、所詮《しょせん》たかが知れていることを、トルストイはこうした経験を通じて、思い知ったであろう。『アンナ・カレーニナ』の冒頭に、「復讐は我にあり、我これに酬《むく》いん」という聖書の言葉がかかげられた理由の一つは、この点にある。

しかし、言うまでもなく、『アンナ・カレーニナ』は、こうした事件をアレンジして、小説にしただけの作品ではない。はじめに書いたように、『アンナ・カレーニナ』のもっとも重要な点は、夢のようにすばらしい『戦争と平和』の「生の賛歌」を、現実的に厳しく問い直す作品だったことである。『戦争と平和』は、ロシアとその時代が提出した問いに対する、トルストイの解答だったが、『アンナ・カレーニナ』は『戦争と平和』から出てきた問いに対する、トルストイの答えだったのである。

すぐ前で述べたトルストイの個人的な体験は、『アンナ・カレーニナ』が書かれる十年、あるいは、それ以上前に（『戦争と平和』執筆の時期か、それ以前に）生じている。トルストイが『戦争と平和』を書き終え、そこから出てきた問題に直面するようになった時、過去の身辺のできごとが、新しい意味をもつようになり、新しい作品の素材となったのである。だから、『アンナ・カレーニナ』の執筆は、トルストイの思索や内面的な闘いと同時進行で、進められていく。

のちに、トルストイは『懺悔』の中で、『アンナ・カレーニナ』を書いていた頃、自分は生きる意味がわからなくなって、自殺の瀬戸ぎわに立たされ、それを避けるために、自殺の道具になりそうな猟銃や縄を、自分の手に届かないところに隠したほどだった、と打ち明けているが、たしかにこの頃、トルストイは哲学の本を読んだり、宗教の研究をしたり、自分でも宗教的な文章を書いたりしている。トルストイに似たところの多い、『アンナ・カレーニナ』の主人公レーヴィンも、表面は幸福の絶頂にありながら、その実、人生に行き詰まって、自殺を考えるようになり、自分のまわりから、猟銃や縄を隠している。これは、おそらく、トルストイ自身の体験を、そのまま作品にもち込んだものであろう。

だが、『アンナ・カレーニナ』はただの不倫小説やよろめきドラマでないばかりか、恋愛を人間の個人的な問題や、内面的な闘いの枠内でとらえただけのものでもない。それは実に「社会的な」小説でもあった。『アンナ・カレーニナ』を社会的な視点からとらえる場合、「アンナの愛は純粋だったのに、ゆがんだ社会がそれを踏みにじり、かの女を死に追いやった」という見方になりがちである。しかし、これは間違いとは言えないまでも、表面的な見方と言わなければなるまい。たしかに、当時のロシアには、愛や、結婚や、家庭について、しっかりしたモラルがなく、この点で社会はゆがんでいた。アンナの本気の愛は罪として責められたのに、上流夫人たちの浮気は、平気で許されていた。

しかし、トルストイが『アンナ・カレーニナ』で言いたかったのは、「ゆがんだ社会が純粋な愛を踏みにじった」ということではなく、「ゆがんだ社会では、純粋な愛は存在せず、愛が必ずゆがんだ形で現れてくる」ということだった。アンナとその愛人ウロンスキーの愛も、けっして純粋なものではなく、ゆがんだ環境の中でゆがんでしまっていた。むしろ、アンナが純粋に愛そうとすればするほど、その愛は社会のゆがみを映し出して、ゆがんだものになり、ウロンスキーを退屈させ、自分を苦しめたのである。『アンナ・カレーニナ』が「社会的な」恋愛小説だというのは、このような意味である。

『戦争と平和』以降の流れから考えてもわかるように、『アンナ・カレーニナ』で、トルストイは愛を謳歌して、社会を告発したのではない。病んだ社会を告発し、同時に、その中で病んでいる愛をも告発したのである。「『戦争と平和』の理念は民族的なものであり、『アンナ・カレーニナ』の理念は家庭的なものである」と、トルストイ自身が言っているが、この言葉をもとにして、この二つの作品を対立的なものと考えることはできない。家庭について問うことは、トルストイにとっては、社会や民族について問うことでもあったのである。

したがって、『アンナ・カレーニナ』執筆の時期が、自殺を恐れるほどの内面的苦悩の時期だったと同時に、活発な社会的活動の時期だったことは、矛盾でもないし、偶然でもない。一八六二年の家宅捜索で打撃を受けて、結婚後はしばらく中断されていた教育事業に、トルストイはふたたび意欲を燃やし、七一年から数年にわたって教科書を書きつづけ、七二年には学校を再開した。この教科書はトルストイの大きな業績の一つで、現在のロシアの教科書にもまだ、その一部が採り入れられているほどである。また、七三年にはサマーラ地方の飢饉の救済活動を積極的に行うなど、さかんな社会的関心を示している。

しかし、愛について問い、モラルについて問いただした時、トルストイはそれを人間の知恵や、社会の規則の上に築くことは、不安でもあり、危険でもある、と思わずにいられなかった。それを安定した、危険のないものにするためには、人間を超えた絶対的な規準が必要になる。こうして（次の章で述べるような原因もかさなって）、トルストイは欠くことのできないものとして、神を求めはじめるのである。

十　『懺悔』と宗教的探求

民話執筆のころ（1884-85年）

トルストイは一八六〇年代後半、つまり、三十歳代の後半に『戦争と平和』を書き、それから十年後、四十代の後半に、『アンナ・カレーニナ』を書いた。ちょうど五十歳になるまでに、かれは世界最高の名作を二つも書き、名声の頂点をきわめたことになる。トルストイの努力で、農奴解放後も、トルストイ家の農業経営はますます安定し、経済的にもいっそう豊かになった。それに、二大作品をはじめ、トルストイの作品の著作権は、今の金額にすれば、何億円もの年収を生みつづける莫大な財産だった。「人生わずか五十年」と言われた当時、トルストイは人生の峠に登りつめた時に、まさに、功なり名をとげたのである。常人なら、その名声と富を楽しみながら、悠々自適の余生を送るはずである。人並みはずれて、自分に厳しい人間でも、こんな境遇に恵まれたら、過去に満足しないように努力しながら、過去の仕事を継続するぐらいが関の山であろう。

ところが、トルストイはまったく極端な道をえらんだ。

かれは『アンナ・カレーニナ』を完成した二年後に、『懺悔』を書き、過去の自分の人生を総点検して、基本的にそれを否定し、これからは神を求めることを第一にして、今までとは違う生き方をする、と宣言したのである（宣言と言っても、『懺悔』はその反教会的な内容のために、ロシア国内では、抜粋が発表されたのが一八八四年、全編が発表されたのは、一九〇六年のことだった）。言いかえれば、トルストイは五十になって、「自分のこれまでの人生は迷いだった。本番はこれからだぞ」と、新たな決意をしたことになる。そのため、『懺悔』はトルストイの生涯の一時期を画する作品となり、かれの生涯は、普通、結婚と『戦争と平和』執筆以前が初期、『戦争と平和』と『アンナ・カレーニナ』の時期が中期、『懺悔』以後が後期と区分されている。

作品について触れるたびに、繰り返して言っていることだが、このささやかな伝記では、作品の中身にまで立ち入ることはできない。できるのは、ただ、作品と伝記的な事実との接点を見ることだけである。普通の作品の場合、この作業は作品の核心に突き刺さらないので、なんとも頼りなく、歯がゆい。しかし、『懺悔』の場合は、必ずしもそうとは言えない。トルストイは『懺悔』を創作ではなく、自分の実生活についての、真実の懺悔(告白)として、人に訴えているから、それは、当然、伝記的な事実にかかわっているはずである。とすれば、伝記的な事実との接点を見ていけば、『懺悔』の場合は、作品の核心に触れることも不可能ではないかもしれない。

だが、これは『懺悔』を、そのまま事実の記録として見る、という意味ではない。昔は、伝記研究ばかりでなく、犯罪捜査でさえも、本人が自白すれば、それが有力な証拠になった。そういう時代の影響で、過去の多くのトルストイ伝では、『懺悔』の言葉が、まるで、客観的な伝記資料のように取り扱われている。しかし、現在では、客観的な裏付けのない自白が、法廷で証拠能力をもたないように、本人の言葉をそのまま信じる伝記作者はいない。人間はだれでも、自分に都合のいいように、事実を曲げて話すものだし、状況によっては、自分に不利な発言さえするからである。トルストイは真実を重んじる人間だったが、この本のこれまでの叙述からもわかるように、かれも本当のことばかり言っていたわけではないし、思い違いや、記憶違い、事実と想像の混同などは、むしろ普通の人より多い。これはトルストイばかりでなく、想像力の発達した作家や芸術家によくある例である。それに、作品として発表されたものは、本質的に創作であり、事実の報告ではない。だから、肝心なのは、トルストイ自身の言葉と実際の状況とを照らし合わせてみて、そのズレを確かめ、なぜそのようなズレが生じたかを考えることである。

トルストイは『懺悔』の最初の三章で、それまでの自分の生活、とくに、信仰とのかかわりを、だいたい年代順に追い、はっきりした年齢、期間、時には年号もそえて、説明している。さらに、十二章では、迷いを克服した時の状況を具体的に述べ、十三章以下では、正教会の批判を行っている。それを要約すると、次のようになる。

自分はロシア正教会の洗礼を受け、その信仰の中で育てられた。

一八三八年、自分が十一歳の時に、神は存在しないという話を聞いて、興奮し、興味をもった。

十五の頃から哲学書を読みはじめ、かなり意識的に信仰を拒否するようになった。

十六歳の時に、祈禱《きとう》をやめ、教会に通うことも、教会の掟を守ることもやめた。

十八歳、大学中退の時には、それまでに教えられた信仰を、まったく信じていなかった。

それから十年間、「完成」に対する信仰以外、何の信仰ももたなかった。

クリミアからロシアに戻ってから、二、三年の間、芸術の意義と「進歩」を信じていた。

やがて、その誤りに気づいたが、結婚まで、その信仰を拒否せずに生きていた。

結婚後十五年間は、自分と家族の生活をよくすることだけが、ただ一つの目的だった。

今から五年前に、人生の意義についての懐疑が生じてきた。

それから三年後に、「神こそが生である」とさとって、悩みを解決した。これは少年時代、青春時代への復帰だった。

信仰に復帰した時、ロシア正教会の忠実な信者になろうとしたが、できなかった。それは、正教会の教えが間違ったものだからである。

この要約をさらに図式化すると、こうなる。

㈠　〇歳〜十六歳（一八二八〜四五年）

キリスト教信仰の時期

㈡　その後数年（四五～四七年）
　　信仰動揺の時期
㈢　大学中退～クリミア戦（四七～五五年）
　　「完成」信仰の時期
㈣　帰国～結婚（五五～六二年）
　　芸術、進歩信仰の時期
㈤　結婚から十五年（六二～七七年）
　　エゴイズムの時期
㈥　『懺悔』執筆の五年前からの三年間（七五～七八年）
　　懐疑の時期
㈦　『懺悔』執筆の二年前（七八年）
　　解決。過去への復帰
㈧　『懺悔』執筆の時（八〇年）
　　ロシア正教会の否定

トルストイ自身はこのように自分の過去を整理し、人の前に提出した。そして、多くの人は「本人が言っているのだから」という理由で、これを事実と信じた。しかし、『懺悔』は記録ではなく、一つの作品であり、作品には、当然、作者の主観が注ぎ込まれている。『懺悔』の叙述を、『懺悔』よりずっと客観的な資料と照合してみると、たくさんの間違い、食い違い、矛盾があることに気づく。

㈠、㈡の子ども時代のことについても、問題があり、トルストイは、実際は、ロシア正教の信仰の中で「育てられた」とは言えない。かれの子ども時代の信仰心を物語るものとして、よく「蟻の兄弟」や「緑の杖」のエピソードがもち出されるが、これもロシア正教ではなく、むしろ、フリーメーソンなどに結びついている。しかし、これを説明するためには、面倒な問題に踏み込まなければならないので、ここではまず㈢の時期から見ることにしよう。

トルストイはこの約十年間を、「完成」の信仰以外に、何の信仰もなかった時代ときめつけているが、これは明らかに事実に反している。第五章で書いたように、この時期の重要な特徴の一つは、トルストイが神を探求したことである。かれはカフカースに到着した直後に、神に祈りはじめているし、一八五三年までには、神や霊魂不滅を認める、自分自身の「信仰告白」をつくり上げている。しかも、第五章ですでに指摘しておいたように、そのトルストイの信仰告白は、『懺悔』以後のかれの信仰と基本的に一致している。トルストイ自身が『懺悔』の中で、この点に触れていないのはなぜだろうか。あの集中した、真剣な青年時代の思索を忘れてしまったのだろうか。

㈣の時期は進歩や芸術を信じていた時期、または、疑っていたのに、その信仰を捨てきれなかった時期、ということになっている。しかし、芸術に対する信仰はともかくとして、トルストイが進歩を信じたことは、客観的な資料を見るかぎり、まったくなかったと言っていい。この時期について触れた部分で書いたように、帰国後半年ほどで書き上げられた『二人の軽騎兵』は、はっきり進歩の風潮を批判したものだし、その前後にも、進歩の風潮に迎合した言動は見られない。この重要な事実も、トルストイは忘れてしまったのだろうか。

㈤の時期についてのトルストイの言葉はとくにおかしい。『戦争と平和』、『アンナ・カレーニナ』執筆の時期全体を、エゴイスティックな生活の時期と、一色に塗りつぶしているが、それは行きすぎた単純化と言うほかはない。トルストイはまるで金もうけと名声のために、二つの作品を書いたように言っているが、『戦争と平和』にも、『アンナ・カレーニナ』にも、書かれるだけの理由があった。それはすでに述べたとおりである。第一、トルストイが結婚後十五年間をエゴイズムの時代としていることは、時間的につじつまが合わない。エゴイスティックな人間が『戦争と平和』のような作品を書くはずはないと言いたいところだが、ここではそういった一般論は、もち出さないことにしよう。しかし、かりに『戦争と平和』の時期には、トルストイが自分のことばかり考えていたと認めるにしても、それが十五年もつづいたというのは、事実と一致しない。前に書いたように、一八六九年に、かれはアルザマスで恐ろしい不安を経験し、自分のためだけに生きることは不可能だと強く感じている。そして、『アンナ・カレーニナ』では、人間関係やモラルを、大きな問題として取り上げている。とすれば、エゴイズムの時期はどんなに長く見積もっても、七年にしかならず、トルストイの言っている期間の半分になってしまう。なぜトルストイはそんな誇張をしたのだろうか。

そして、エゴイズムの時期が七年にちぢまるとすると、㈥の懐疑の時期は三年ではなく、十年か十一年に広がることになる。

㈦で、トルストイは「神は生である」とさとって、救われたと言っているが、これも納得できない。『戦争と平和』には、「神は生である」、「生は神である」という言葉がはっきり書かれており、それがこの作品の根幹であることは、疑う余地がない。しかも、それはただの基本思想ではなく、作品全体を通じて、読者が体験する実感でもある。その後のトルストイは、むしろ、「神は生である」という楽観的な信念を厳しく検証して、『アンナ・カレーニナ』を書き、さらに、『懺悔』以降のトルストイ主義の形成に向かっているのである。トルストイは過去のことを忘れたり、思い違いしているばかりでなく、今自分がしていることについても、錯覚していたのであろうか。

こうしたいくつもの疑問の一つ一つに、納得のいく答えを与えることはむずかしい。しかし、全体をひっくるめれば、その答えを見つけることは、それほどむずかしくはない。その答えはしごく簡単で、『懺悔』は、さっきも言ったように、事実の記録ではなく、告白の形式をとった文学作品だということである。「告白」が文学のジャンルの一つであり、ルソーの『告白』をはじめとして、たくさんの作品があることは、言うまでもない。トルストイの『懺悔』も、ルソーの『告白』などと同じように文学作品であり、作品全体は一つの「真実」を表現しているが、個々の部分はその「真実」を表現するための手段であり、事実の装いをほどこされていても、必ずしも、現実に起きたことそのままではない。『懺悔』を読む場合、これはもっとも重要なことの一つである。

それでは、トルストイが自分の過去を潤色したり、誇張までして、『懺悔』の中で訴えたかった「真実」とは、何だったのか。『懺悔』そのものを熟読するまでもなく、すぐ前で示した大まかな要約だけからもわかるように、トルストイはこの作品の中で、自分の過去と現在を、はっきり黒と白とに色分けし、過去をまったくの間違いときめつけ、現在の（そして、それにつづく未来の）自分の生活の正しさを、強く主張している。つまり、今自分が選びとった生き方の正しさ――それが、トルストイの訴えたかった「真実」なのである。今まで見てきたように、トルストイの過去の生活は、かれ自身が言っているほどゆがんだものでもなかったし、『懺悔』を境に、かれの生き方がそれほどはっきり、黒白に分かれるわけでもない。人に向かってそう訴えたのは、トルストイの作為である。多くの読者ばかりでなく、かつては研究者や伝記作者までがこの作為を信じ、『懺悔』の時期にトルストイの中に大転換が起こったとか、『懺悔』の前と後では、二人のトルストイがいると思い込んだりした。しかし、それは事実ではない。

では、なぜトルストイはそんな手の込んだことをし、読者をまどわせてまで、自分の転換を強調し、新しい方向の正しさを主張しなければならなかったのか。

作家にしろ、作曲家にしろ、作品をつくるたびに、変化していく。しかし、その変化をいちいち読者や聴衆に説明する必要はない。トルストイ自身『戦争と平和』と『アンナ・カレーニナ』ではずいぶん変化しているが、それについて、読者に一言も弁解していないし、する必要もない。その変化は作品そのものが、いちばん雄弁に語ってくれるからである。もちろん、例外的な場合はある。たとえば、ロシア革命の後、それまで美人画を描いていた画家が、レーニンの肖像画を描くようになったとすれば、それについて釈明してもいいだろうし、釈明する方がいいかもしれない。しかし、トルストイの場合は、もう再三言ったように、懺悔すべきことがそれほどあったわけではないし、変化があったにしても、それは美人からレーニンに乗り換えた画家のような、自分の必然性から発しない、無責任な変化ではなかったから、とりたてて懺悔や釈明をする必要はなかった。それをトルストイがあえてしたのは、なぜなのか。

もう一度『懺悔』の終わりに近い、十三章以下に書いてあることをよく見てみよう。かれがそれまでの五十年の生活、文学創作、思索、社会活動などの結果、到達した重大な帰結の一つは、ロシア正教会の否定であり、今後の発言、行動の中心的な目的の一つはロシア正教との対決であった。当時のロシアで、ロシア正教を否定するのはただごとではない。それは、昭和二十年以前の日本で軍部を否定したり、かつてのソ連で共産主義を否定するような、危険なことであった。トルストイはこの危険な道に進むにあたって、自分の決意をはっきり表明し、今までロシア正教にあいまいな態度をとってきたのだが、これからは「大転換」をして、それと闘うことを宣言し、その方向に進む自分の立場の正しさを強調する必要を痛感したのである。一言で言えば、『懺悔』はロシア正教会に向かって、トルストイがたたきつけた挑戦状であった。ロシア正教に挑戦状をたたきつけたということは、もちろん、それと表裏一体になっていた国家権力にも、闘いを宣言したことになる。これが『懺悔』の眼目であり、その他の部分は、この眼目を浮き彫りにするための演出であった。もしこの点を見落とすか、軽視するならば、『懺悔』の意味を正しく評価することはできない。

『懺悔』の核心は、トルストイが文学創作を捨て、宗教、道徳的活動へ移るのを宣言したことにある、と解釈している人もいる。しかし、『懺悔』にはそのようなことは書かれていないし、その後の事実もそのような解釈を否定している。『懺悔』以後も、トルストイは『復活』をはじめ、たくさんの文学作品を書いているからである。また、トルストイはあまりにも激しくなったロシアの社会的闘争から脱落し、『懺悔』以後、自分の内面世界に「滑り落ちていった」という解釈もあるが、これも事実とまったく一致しない。この時期に、トルストイほど頑強に権力と闘った個人はほとんどいない。ただ、かれは暴力を使ったり、政治的な党派をつくったりしなかっただけである。

トルストイは永遠の生命を求め、道徳の絶対的な根元を求めて、神に到達した。その時、かれはロシア正教の信者になることも考えた。それは、しっかりした信仰をもっているロシア民衆の多くが、ロシア正教の素朴な信者だったからである。『アンナ・カレーニナ』を書き終えた一八七七年夏には、かれはたびたび教会にお祈りに行き、精進（一定の日に肉食をしないこと）もしている。ちょうど同じ頃に書かれたと思われる『キリスト教の教理問答』という未完の草稿では、「問：神聖な啓示を正しく保持している場所はありますか。答：あります。心から信仰し、神聖な啓示によって結合されている者みんなが、ともに継承しつつ教会を構成しており、それが神聖な啓示を保持しているのです」と書いている。しかし、それは長続きせず、翌一八七八年の春を最後に、精進もしなくなった。

『懺悔』の中のかれ自身の言葉を読むと、ロシア正教に帰依しようとした期間が相当長く、その態度が純粋だったような感じを受けるが、これも教会否定を印象づけるための筋立てであろう。客観的な資料を見ると、かれがロシア正教の信者になろうとした期間は、一八七七年夏から七八年春までで、一年に満たない。もともと、『懺悔』の中でトルストイ自身が言っているほど、かれが純粋にロシア正教会の教えに従おうと努力したかどうかさえ疑わしい。なぜなら、かれは教会に通うと同時に、公認教会に反対した分離派の研究をしたり、異端のモロカン派に興味をもったりしているし、福音書を読むと同時に、ロシア教会にとっては合理主義的すぎる、ルナンの『イエス伝』を読んだりしているからである。

モスクワを中心とするロシア正教の総本山は、モスクワの近くにある三位一体《さんみいったい》セルギー大修道院（通称ザゴールスク）で、そのルーツはウクライナの首都キエフにある、ペチェルスキー大修道院である。トルストイは一八七九年六月なかばに、わざわざキエフまで出かけて、ペチェルスキー大修道院を訪れ、十月初めには、三位一体セルギー大修道院を訪問した。一見、これはトルストイが何かを求めて、出かけて行ったように思える。しかし、この時点では、かれはすでに教会との対決を決意しており、ロシア正教の総本山から教えを受ける気持ちはなかった。かれはキエフでも、ザゴールスクでも高僧に会って、信仰の話をしたが、「教えられることは少なく」、「自分の信念をいっそう確信した」だけだった、と言っている。二十年前に、西欧否定を確信していながら、それを確認するために西欧を旅行したのとちょうど同じように、この時のトルストイは、ロシア正教否定のだめ押しとして、二つの本山を訪れたのである。だから、その後まもなく、トルストイはロシア正教の教義神学の研究をはじめ、理論と実践の両面から、教会と闘う準備をするのである。

トルストイが『懺悔』を書き、その発表の機会をうかがっていたちょうどその時、一八八一年三月、皇帝アレクサンドル二世がロシアの変革を焦る「人民の意志」派の投じた爆弾によって暗殺された。トルストイは暴力を否定した。しかし、『懺悔』はかれが教会と権力に向かって投げつけた挑戦状というより、むしろ、言葉と思想による爆弾だった、と言って、けっして過言ではない。

十一　トルストイ主義の形成

『芸術とは何か』執筆のころ（1896年）

『懺悔』以後、トルストイは独自の思想をつくり上げ、それを世界の人々に向かって、熱烈に、ねばり強く、時には押しつけがましいほどに、説き聞かせた。その思想がトルストイ主義（トルストイズム）と呼ばれ、それに共鳴する人がトルストイ主義者（トルストイアン）と呼ばれたことは、よく知られているとおりである。しかし、トルストイ主義がどのようなものかは、その全盛期にも意外によく知られておらず、むしろ、一面的な理解や、誤解や、曲解につきまとわれていた。その活動期がすぎた現在では、なおさらトルストイ主義についての知識は希薄になり、ごく漠然とした、不正確な概念が残っているにすぎない。たとえば、「トルストイ主義とは、道徳的自己完成と悪への無抵抗を特徴とする、トルストイ及びその追随者の思想である」などという説明がいたるところに見られる。これは間違いとは言えないにしても、あまりにも不十分すぎる。

この本では、例によって、トルストイの思想そのものを掘り下げることはできない。できることは、トルストイ主義とトルストイの伝記上の事実とのかかわりを見ることにかぎられる。文学や思想を伝記の枠に押し込めるのは、なんとも窮屈な話だが、前章の『懺悔』の場合は、それが『懺悔』のフィクション性を明らかにし、『懺悔』の「真実」がどこにあるかを突き止めるのに、いくらかの効果を発揮した。トルストイ主義の場合も、伝記の制約がむしろ役に立つ可能性が期待できる。

ある人の思想や世界観を検討する場合、一般に、まず、それをできあがった一つの体系として見るのが普通で、トルストイ主義の場合も例外ではない。しかし、伝記という制約が加えられると、その思想の形成の過程や年代的な変化を見なければならなくなる。そして、実はトルストイ主義の場合、形成の過程や年代的な変化を見ることが、重要な意味をもっているのである。なぜなら、トルストイ主義が『懺悔』執筆前後の比較的短期間にできあがったかのような錯覚が存在しているが、実際には、それは『懺悔』が書かれはじめた一八七九年頃から、『芸術とは何か』が完成した一八九八年頃まで、二十年にわたって徐々につくり上げられていったからである。しかも、トルストイ主義は、哲学者、思想家の世界観のような、整然とした体系にまとめられてはいない。あまりよくないたとえだが、トルストイ主義は、あらかじめ用意された設計図に従って建てられた家ではなく、必要に応じて次々に建て増しされた家に似ている。こういう思想の場合には、それを一つの体系として分析するより、順々につくられていった過程を追っていく方が、かえってその実相が見えてくる場合がある。

では、トルストイ主義はどのようにして形成されていったのか、伝記的な事件にからめながら年代順に見ていくことにしよう。

永遠の生に結びつこうとし、道徳の絶対的な根元を求めて、トルストイは神の必要を確信する。しかも、その神が自分の内面にとどまる個人的なものではなく、多くの人々と共通のものであることを望んで、かれはロシア民衆の宗教に融合しようとし、ロシア正教の忠実な信者になろうとする。すでに書いたように、トルストイはそのために、一八七七年の夏から七八年の春にかけて教会の礼拝に通い、精進をしている。だが、これは長続きしなかった。教会の形式主義、処女懐胎《しょじょかいたい》や死後復活などの超自然的な教え、人殺しにほかならない戦争の容認などを、トルストイはどうしても承認できなかったからである。かれは、これもすでに書いたように、一八七九年に、ロシア正教の二つの総本山であるペチェルスキー大修道院と三位一体《さんみいったい》セルギー大修道院を訪れたが、その時はすでにロシア正教から教えを受ける気はなく、逆に、その訪問はひそかに教会に絶縁を告げるためのものであった。

その直後、トルストイの仕事の中心はロシア正教会批判になり、七九年末には『教会と国家』を書き、八〇年には、『教義神学研究』（普通、『教義神学批判』という題名で知られている）と『四福音書の統合と翻訳』に着手して、本格的な教会批判をはじめた。『教義神学研究』は、本書のちょうど三倍の分量の大作で、難解なものの多い後期のトルストイの論文の中でも、もっとも難解なものに属する。この論文は当時最高のものと評判の高かった、ロシア正教の教義解説書『正教教義神学』を取り上げて、それを批判したものであった。批判の対象になった本の著者マカーリー（俗名ミハイル・ペトローヴィチ・ブルガーコフ。一八一六〜八二年）は、当代随一と言われた神学博士で、一八七九年からはモスクワ大主教の要職にあった。つまりトルストイは、正教の神学を研究し批判するにあたって、最大の対象を取り上げ、一気に相手の本陣に迫ったのである。その結果、かれはロシア正教の教えを虚偽ときめつけ、教会を「一部の人たちが他の人々を支配するためのもの」と断じた。『教会と国家』の中でも、トルストイはやはり、教会は一部の人間が他の人間に、自分らの信仰を強制的に押しつけるための機関だと言い、「信仰は人間の生命だから、その信仰を取り上げて、別の信仰を与えるのは、人間から心臓を抜き取って、別の心臓をはめ込むのと同じだ」と書いている。

このように、たとえ教会であろうと、大主教であろうと、自分の信仰を変えさせることはできないと、トルストイは断言し、私はロシア正教の教えではなく、自分の信仰を守ると言いきった。とすれば、その「自分の信仰」とは何かを、明らかにする必要がある。そのために、『教義神学研究』に引き続いて、かれは『四福音書の統合と翻訳』を書くことになる。これは、長編小説『アンナ・カレーニナ』と同じくらいの分量の超大作で、マタイ、マルコ、ルカ、ヨハネの四人によって書かれた四つの福音書を、細かく検討し、比較対照して、不必要な個所や、重複しているところをはぶき、統一的な「正しい」福音書をつくろうとしたものである。トルストイは福音書の本当の意味を突き止めるために、ギリシャ語の福音書を一字一句検討したばかりでなく、それまで知らなかったヘブライ語まで勉強した。その結果、かれは、福音書はキリストの教えそのものと、その教えの正しさを証明するための伝説との、二つの部分からできていると判断した。しかもかれは、キリストの教えの部分は真実だが、伝説の部分は、キリストの復活の話をはじめとして、かつてはたとえ話として有効だったかもしれないが、現在では虚偽にすぎないと考えた。このようにして、トルストイの「キリスト教」は普通の宗教の概念をはずれ、むしろ、倫理・道徳というべきものになっていったのである。

この『四福音書の統合と翻訳』は一九〇一年にロンドンで出版された。それまでトルストイは多少の手直しをつづけていたようだが、それはあまり大きなものではなく、基本的にこの大作は、一八八一年の夏に書き終えられたと考えてよい。そして、その直前の八一年春には、この大作を七分の一ほどに切り詰めた『福音書要約』が書かれている。

ここで、ちょっと注意しておきたいのは、『懺悔』の重要な部分は、『教義神学研究』の前、つまり、一八八〇年には書かれていたはずだが、トルストイがその発表を意図するようになったのは、一八八二年、つまり、かれがロシア正教の教義を検討し、それを論破する用意ができた後だということである。この年代的な順序を見ると、前章で述べたことがもう一度確認される。つまり、『懺悔』はそれだけが独立して発表されたのではなく、ロシア正教批判という危険な爆弾の準備が完了した時、それに点火するための火縄として、世に出されたのである。

『四福音書の統合と翻訳』と『福音書要約』ができあがった二年後には、『わが信仰』が書かれたが、この著作でもトルストイは当然、福音書研究の線を引き継いでおり、自分の信仰が福音書の中のキリストの教えを信じるものであることを、ふたたび繰り返している。そして、キリスト教にも、ほかのすべての宗教と同じように、人生についての教えという倫理的な面と、人生の意味を説明する形而上的な面があるが、キリスト教の力は倫理的な教えにあると述べて、自分の信仰こそが真のキリスト教の姿であることを、人に理解させようとした。

しかし、私はトルストイの信仰について語っているうちに、さっきの約束を忘れて、伝記の枠を逸脱してしまった。たしかに、トルストイが自分の信仰について述べた著作をたどると、『教義神学研究』→『四福音書の統合と翻訳』→『福音書要約』→『わが信仰』という筋道ができあがるが、伝記的な事実をたどっていくと、このような単純な筋道にはならない。八一年に書き上げられた『四福音書の統合と翻訳』、『福音書要約』と、八三年に書かれた『わが信仰』の間に、一見別種のものが入り込んでくるのである。その「別種のもの」とは、八一年秋にトルストイ一家が生活の本拠をヤースナヤ・ポリャーナからモスクワに移したこと、トルストイが八二年にモスクワの人口調査の仕事に加わり、都市の貧民の生活を目のあたりに見て衝撃を受け、『では我々は何をすべきか』を書きはじめたことである。しかも、八一年には、アレクサンドル二世が暗殺されるという事件が起こっており、ロシアの大気には血なまぐささがただよってくる。

トルストイは子どもたちの教育のために、主としてモスクワに住むことにしたが、その結果、かれは資本主義の道を歩きはじめたロシアの都市生活の矛盾を、いっそう切実に感じるようになった。かれが八二年の人口調査に参加したのも、もはや傍観していられなくなったモスクワの貧民の生活を、自分の目で確かめるためであった。そして、その体験をふまえて、かれは貧富の差や、労働大衆の搾取に怒りをぶつけ、『では我々は何をすべきか』を書きはじめた。

この論文は明らかに社会的不正を批判したもので、『教義神学研究』から『わが信仰』にいたる線に、そのまま乗るものではない。しかし、一方、この作品の題名は、ルカによる福音書第三章の「そこで群衆は彼に『それでは、私たちは何をすればよいのですか』と尋ねた。彼は答えて言った、『下着を二枚もっているものは、もたない者に分けてやりなさい。食物をもっている者も同様にしなさい』」という部分をもとにしている。また、この長い著作の結論は、「男はひたいに汗して働き、女は苦しんで子どもを産め」という福音書の教えに集約される。つまり、この著作はそれまでの路線から一転して、経済的、社会的問題に取り組みながら、最終的には、福音書にもとづく倫理的、道徳的な立場に回帰していくものであった。

このことは、トルストイが宗教的、道徳的な問題を掘り下げている途中で、社会的な問題に強い関心をもち、それを掘り下げているうちに、ふたたび道徳的な次元に戻っていたことを示している。このように、宗教、道徳、社会、経済などの問題が、縄をなうように組み合わされながらとらえられていることは、トルストイ主義の重要な特徴であり、この点を軽視するならば、トルストイ主義を正しく評価することはできない。

この時期には、トルストイの考えそのものが一つの社会問題となり、社会現象になりはじめていたことにも注意を向けておく必要がある。かれは一八八三年にチェルトコフ（のちのトルストイの最大の協力者）、翌八四年にはビリュコフと知り合って、次第にかれの周囲に、トルストイ主義者のグループが形成されるようになる。そして八四年にはチェルトコフによって、トルストイの思想を民衆に広めるための出版所ポスレードニク（「仲介者」の意）が創設された。トルストイもそれに呼応して、自分の思想を子どもにも農民にもわかるようなかたちで伝えるために、一連の民話形式の短編を書いている。かれはすでに八一年に『人はなにで生きるか』という代表的な民話を書いていたが、『イワンのばか』、『人間にはどれだけの土地が必要か』、『三人の隠者』など、今でも読まれている十数編のトルストイの民話は、一八八五年に書かれたものである。

その上、この年の一月には、キシニョフで、トルストイの思想に共鳴した最初の兵役拒否事件が起きた。トルストイの思想は、もはやトルストイ個人のものではなく、社会のものとなり、それにつれて、かれはその社会的責任を背負うことを求められるようになる。このことはトルストイの生活のあらゆる面に影響した。家庭生活さえも、かれの場合、もはや社会的に大きな力をもつトルストイ主義の提唱者の家庭生活であり、純粋のプライバシーではなくなった。かれはすでに一八八四年に家出を決意していたが、自分の考えを忠実に実行したいと願い、実行せざるをえない立場にも立たされていたトルストイと、誠実な生き方は望んでいても、常識的な範囲を超えたくないソフィア夫人の生活態度との対立、衝突は、次第に強まってくることになる。莫大な物質的な富であるトルストイの作品の著作権も、もはや重荷でしかなく、かれはその全権を、一八八五年初めにソフィア夫人にゆずり渡してしまうことになった。

正教批判を決行し、自分の信仰の本質を明らかにし、しかも、経済、社会の問題を道徳の次元に収め入れたのち、一八八六〜八七年に、トルストイは倫理、道徳の問題そのものに精力を集中し、この二年を費やして、『生命論』(『人生論』)を書き上げた。一口に、トルストイの宗教倫理思想と言ったり、トルストイ主義をまとまった体系として見たりする場合は、『教義神学研究』も『懺悔』も『わが信仰』も『生命論』も、ひとまとめにとらえられる。しかし、それを伝記の枠にはめ直して年代順に見ると、トルストイはまず宗教を論じ、そして、その中の倫理的な部分に比重をおき、ついに倫理、道徳だけを切り離して『生命論』を書いていることがわかる。二十世紀の初頭に、ロシアの評論家メレシコフスキーは『トルストイとドストエフスキー』という本の中で、トルストイの場合は善が神のためにあるのではなく、神が善のためにあるのだと言い、トルストイにとっては「神は道徳の方程式におけるxである。方程式が解けるとxは判明して不要となる」と言っている。メレシコフスキーの言葉はトルストイに対する皮肉だが、トルストイの思想の一つの特徴を突いている。年代順に見ていくと、明らかにトルストイの主要な対象は、宗教から道徳に移っており、道徳の比重が日立って大きくなっていることがわかる。

『生命論』は八七年末に書き上げられたと考えられる。この著作は難解というより、晦渋《かいじゅう》という古い表現をあてはめたいようなもので、一言で要約するのはむずかしい。あえて言えば、「生きることは、幸福をめざすことである。しかし、自分一人の幸福を求めても、幸福にはなれない。幸福になるためには、他人の幸福を願わなければならない。とすれば、幸福になること、つまり、生きることの根本は愛である」というのが、『生命論』の基本的な内容である。トルストイは『生命論』を書く直前の一八八六年初めに、中編小説『イワン・イリイッチの死』を書いているが、この作品は『生命論』のテーマを、小説の形で展開したものだった。

ちょうど『生命論』の執筆が終わろうとしていた頃、八七年の十月に、トルストイは『クロイツェル・ソナタ』を書きはじめた。そしてさらに、八九年には『悪魔』、九〇年には『セルギー神父』に着手している。『クロイツェル・ソナタ』は、愛情ではなく、性の欲求に従って結婚してしまったために、夫婦の間がうまく行かず、最後には妄想的な嫉妬にかられて妻を殺してしまった男の告白で、愛と性の問題をこれほど深刻に、重苦しく描き出した作品は、世界文学にも例がない。『悪魔』の内容も、第七章で簡単に述べたように、性欲を主題にしたものだし、『セルギー神父』も、徳の高い神父が性の誘惑に負けてしまう話が軸になっている。

『生命論』で「愛」を主張した以上、トルストイが世間一般の「愛」の考え方を、自分独自の「愛」の考えと対比し、説明する必要に迫られたことは、容易に理解できる。また、世間一般の「愛」が主としてエロス（愛欲）であり、トルストイの主張した「愛」がアガペー（他者への愛）だったことも理解できる。しかし、『クロイツェル・ソナタ』を中心とする、トルストイのエロスに対する攻撃は、常識ではほとんどついていけないような性格をもっている。

それは、性を子どもを産むための道具とみなし、性欲そのものを否定しているとしか受け取れない、極端に窮屈なものなのである。性を必ずしも出産に結びつかない、独立したものと見る文化になじんだ者には（当時のロシア人も、現在の日本人もその中に入る）、このようなトルストイの考えは、ヒステリックで不自然なものとさえ思える。しかしかれは、自分の生きている社会の中にある性は、けっして自然な性ではなく、社会によってゆがめられ、傷つけられたものだと考えていた。その性の中に、社会にはびこっているのと同じエゴイズム、差別、暴力、支配、搾取、屈辱などを、かれは見てとったのである。

愛とは他者を思いやることなのに、愛の名のもとに、他者を道具にした、エゴイスティックな欲望の充足が行われている。それこそが、人間の「自然」に反しており、その不自然な性が、習慣、芸術、商業主義などによって、ますます不自然に肥大化されている。トルストイはそう考え、自分が主張している性についての考えこそが、人間本来の「自然な」ものだと信じたのである。性を社会の鏡と見たこと、これは、性に対するトルストイの態度を考える場合に、忘れてはならない第一の点である。

『クロイツェル・ソナタ』を書き終えるとすぐ、九〇年夏に、トルストイは『神の国は汝らのうちにあり』の執筆に入り、『悪魔』や『セルギー神父』と並行して、その仕事をつづけていく。この作品は、題名だけ見ると、純粋に宗教的内容のもののように思えるが、実際は、キリストの教えから発する道徳を、国家や法律の次元に適用したものであった。そして、トルストイは国家や法律を、一部の人間が他の人間を支配するための暴力として否定し、アナーキズム（無政府主義）を主張した。

アナーキズムには種々雑多なものがあり、テロ行為を行うアナーキストもいるが、トルストイの場合は、愛と良心を基礎にした、暴力否定のアナーキズムであった。信仰の告白からはじまったトルストイの思想形成は、道徳、社会、愛と性に及び、さらに国家体制に及んで、ほぼ完成に近づいていく。もちろん、国家権力を否定することは、市民としての自殺行為だったから、トルストイは精神を極限まで緊張させ、心血を注いで、『神の国は汝らのうちにあり』を書いた。九三年にこの労作を完成した時には、疲労で病気になってしまったほどであった。

ここでもう一度思い出していただきたいのは、アナーキズムを論じた『神の国は汝らのうちにあり』が、性を主題とした『クロイツェル・ソナタ』のすぐ後に、しかも、やはり性を扱った『悪魔』や『セルギー神父』と同時に、書かれていることである。このことは、さっき言ったように、トルストイの中では、暴力的な性が、暴力的な国家体制と、一つに結びついていたことを暗示している。

トルストイが老子『道徳経』を翻訳したのは、『神の国は汝らのうちにあり』の執筆を終えた九〇年代中頃で、かれが老子に興味をもった理由の一つは、老子の中にアナーキズムの思想を発見したからであった。トルストイに老子の解説をしたのは、小西増太郎という日本人で、かれは明治二十年（一八八七年）にキエフの神学アカデミーに留学し、のちにモスクワ大学に移って、勉強をつづけていた人であった。小西はトルストイと知り合った最初の日本人で、日本に帰ってからは、トルストイの思想普及に尽力した（ただし、現在定説化している小西についての情報は、小西自身の言葉にもとづくもので、客観的な確証があるわけではない）。

トルストイの東洋思想への関心や、日本人との最初の出会いが、暴力否定のアナーキズムと結びついていることは、ただの偶然かもしれない。しかし、トルストイの思想の中の東洋的原理について考える場合には、必ずしも無視できない点であろう。

トルストイ主義の形成のしめくくりになったのは、一八九八年に発表された『芸術とは何か』である。トルストイはその十年も前から、芸術、とくに文学について、いろいろな文章を書いていたが、『芸術とは何か』はその集大成であった。その主張の柱は三本で、

㈠　芸術の機能は感情の伝達である。

㈡　伝達される感情には、善いものと悪いものがあり、それによって、良い芸術と悪い芸術

ができる。

㈢　善い感情を伝達するためには、作者が本当にそれを体験していなければならない。

というものであった。この結果、トルストイは自分の『戦争と平和』も『アンナ・カレーニナ』も、必ずしも善い感情を伝えておらず、自分が体験してもいないまやかしのことを、複雑に並べ立てている「悪い芸術」として、否定してしまった。これほどの極論を用いてまで、かれは自分が長い間奉仕してきた芸術を、今度は、自分が打ち立てた道徳的な教えに奉仕させることによって、二十年にわたる思想形成の過程をしめくくったのである。

こうして年代順に見ていくと、いわゆるトルストイ主義は、神の発見―教会批判―社会経済問題―倫理的人生観―性―国家権力否定―芸術論、という順序で形成されていったことがはっきりわかる。このことは、第一に、トルストイ主義が少なくとも六つも七つもの面をもった、多面的なものであり、内面的、求道的といった一面的なものでないことを示している。第二に、このことはトルストイ主義が内面的、精神的なものを縦糸とし、外面的、社会的なものを横糸として織りなされていったことを示している。それは必ずしも整然としてはおらず、時にはからまったり、もつれたりしているが、トルストイ主義が縦横の糸からつくられた織物であることは疑いない。

十二　『復活』

『復活』、復活祭でのカチューシャの挿絵
（パステルナーク画、1898－99年）

一八八七年六月、ペテルブルグ地方裁判所判事で、作家でもあったアナトーリ・コーニがヤースナヤ・ポリャーナのトルストイ邸を訪れた。かれが話した裁判の体験談の中で、とくにトルストイの興味をひいたのは、女囚ロザリアの話だった。その女囚は小作人の娘で、両親の死後、地主の家に引き取られ、女中のような生活をしていたが、主人の親戚の若い男に誘惑され、その子どもを産んでしまった。あっさり男に捨てられたロザリアは、次第に身をもちくずし、しまいには娼婦になったあげく、客の金を盗んで裁判にかけられてしまう。その裁判の陪審員に、昔ロザリアを誘惑した男が偶然加わっていた。かれは罪滅ぼしのために、ロザリアとの結婚を決心するが、ロザリアはチフスにかかって、獄中で死んでしまった――これがコーニの話のあらましであった。

これはのちに書かれたトルストイの最後の長編『復活』の女主人公カチューシャと主人公ネフリュードフをめぐる筋とほとんど同じである。ロザリアは窃盗犯にすぎないのに、カチューシャは殺人のぬれぎぬを着せられて、法廷に引き出されていること、ロザリアは病気で死んでしまったのに、カチューシャは懲役囚としてシベリアに送られ、昔かの女を捨てたネフリュードフ公爵がその後を追って、シベリアまで行くことなどの違いはあるものの、大筋はそっくりである。

トルストイはこの話に大いに心を動かされた。そして、コーニに、この話をもとにして小説を書き、「ポスレードニク」出版所から出すようにすすめた。「ポスレードニク」はよい本を民衆の間に広めるための、トルストイたちの出版所だったから、かれはコーニの話の中に、自分の思想に通じるものがあると直感したのであろう。コーニはトルストイのすすめを受け入れたものの、すぐに書くことはできなかった。ところが、一年もたたないうちに、トルストイはコーニが書くまで待ちきれなくなり、一八八八年春に、コーニにロザリアの話を自分にゆずってくれないかと申し出た。もちろん、コーニはトルストイ自身が書く方がはるかにいいと思って快諾した。トルストイが実際に書きはじめたのは、それから一年半後の八九年十二月のことだったが、はじめのうちトルストイは筋の提供者を尊重して、この作品を「コーニの物語」と呼んでいた。

このように、いろいろな点から見て、『復活』の筋とコーニの話が深くかかわっていることは間違いない。しかし、『復活』はトルストイ自身の若き日の体験が基礎になっている、という説もある。トルストイの側近の一人ビリュコフがその有名な著書『トルストイ伝』で述べているところによると、一九一〇年八月、つまり死の三か月前に、トルストイはビリュコフに向かって「私は叔母の家に住み込んでいた小間使のガーシャと罪を犯しました。ガーシャは純潔で、私がかの女を誘惑したのです。かの女は追い出されて、破滅しました」と告白した。ビリュコフによれば、この「伝記的事実」が、ネフリュードフとカチューシャの話の基礎になっている、というのである。しかし、この「伝記的事実」なるものには、ビリュコフのこの記述以外に資料がない。

ガーシャというのは、妹マーシャ付きの小間使だと言う人もいるが、そのガーシャは長くトルストイ家に勤めて、尊敬される老女中になっているので、娼婦から殺人犯への道をたどったカチューシャのモデルにはふさわしくない。このほかに、ガーシャという名の召使いがトルストイの周辺にいたかどうか、現存の資料ではわからない。トルストイの回想や告白には、記憶違いや事実と空想の混同などが多いが、この場合は、思い違いというよりも、自分の過去を実際より悪く言って自分を厳しく責めようとする、晩年のトルストイの態度の反映なのではあるまいか。

自伝的な資料全体を見渡すと、ごく若い頃のトルストイには、ネフリュードフとカチューシャのような深刻な愛の体験は、なかったのではないかという印象を受けるが、これは私自身の主観的な感じにすぎないので、客観的な根拠にはならない。もちろん、トルストイ自身の体験が、このように直線的にではなく、いわば、斜めのかたちで『復活』に入り込んでいることは、十分に考えられる。たとえば、七章で述べたアクシーニアとの恋愛などが文学的に変形されて、

『復活』の中で利用されている可能性はある。しかし、それはすべて確かめられる種類のものではない。トルストイの私生活にあまりにも深入りして、その中にカチューシャのモデルを探すのは、不毛に近い作業であろう。

カチューシャのモデルにはあまりこだわらないことにしても、主人公の苗字がネフリュードフとなっているのには、多少ともこだわらずにいられない。ネフリュードフという名を、トルストイは『ゲームとりの手記』、『地主の朝』、『ルツェルン』で自分に似た主人公につけているからである。それればかりではない。ネフリュードフという名は、一八五三～五四年に書かれた『少年時代』にすでに現れていて、この場合は、トルストイに似た主人公イルテーニエフの親友の名前になっている。トルストイの作品で、これほど繰り返し使われている名前はほかにない。

トルストイの分身として有名なオレーニン（『コサック』）、ベズーホフ（『戦争と平和』）、レーヴィン（『アンナ・カレーニナ』）なども、ただ一度しか登場しない。イルテーニエフは『幼年時代』、『少年時代』、『青年時代』の三つに登場しているが、これは同じ人物だから、通算一回と数えるべきだろう。とすれば、ネフリュードフという名前には、トルストイの特別の思い入れがあったと考えてよい。そして、数人のネフリュードフを見ると、そのすべてに、倫理的で、求道的な姿勢が強いという共通点が認められる。その性格は、たしかにトルストイ自身に似ているが、トルストイより、よく言えば、純粋、悪く言えば、一面的である。

『復活』のネフリュードフはトルストイの自画像であり、その求道的な横顔に陰影をつけたものだったのだろうか。伝記的な視点からすれば、トルストイとネフリュードフの共通点はそれほど多くはない。さっき書いたように、カチューシャとの恋愛もトルストイの伝記的事実とみなすのはむずかしいし、トルストイが法廷で昔の恋人に再会したという事実もない。まして、トルストイが女性の後を追って、シベリアに行ったことはない。ネフリュードフが直接トルストイの伝記と結びつくのは、土地分配をめぐって農民と交渉したこと、その際に、ヘンリー・ジョージの理論を農民に説明したことくらいにとどまる。全体として、『復活』のネフリュードフは、現実の中にもいそうな、リアリスティックな人物ではなく、「こうあるべきだ」という、観念的な人物である。こういうタイプの人物のモデル探しは一般にむずかしい。ネフリュードフがトルストイの思想を背負わされていることは確かで、その意味ではかれはトルストイの分身だが、現実のトルストイの姿をその中に見てとるのは容易ではない。

コーニの話が『復活』の筋に関係しているという点では、異論はない。しかし、トルストイはコーニの話を聞いて、初めて『復活』を書く気になったのか、それとも、もともと『復活』のような作品を書こうとしていた時に、コーニの話を聞き、それをちょうどよい筋として利用したのか、という点になると、意見が分かれる。トルストイが『復活』を書きはじめた一八八九年といえば、かれが『クロイツェル・ソナタ』を完成し、『悪魔』や『セルギー神父』など、性の問題を中心とする作品を書いていた時である。コーニの話を聞いて、トルストイが『復活』を着想した、という立場をとる人は、『復活』がもともと、若いネフリュードフのあやまちという、性の問題から発しており、次第にその枠を超えて、複雑で多面的な長編小説になっていったと考える。そうでない立場の人は、『復活』ははじめから、後期のトルストイの思想全体に相応するような、多面的な作品として構想されており、コーニの話はその呼び水になったにすぎない、と考える。

日記、手紙、トルストイの発言の聞き書きなど、伝記的資料を基礎にして、この二つの考えのどちらかに、軍配を上げることはむずかしい。しかし、『復活』が着手された直後には、国家や権力を論じた『神の国は汝らのうちにあり』が書きはじめられていることなどを考えると、少なくともかなり早い時期に、『復活』が複雑な性格を帯びていたことは疑いない。それに、前章で書いたように、トルストイの場合、性の問題は同時に社会問題でもあり、倫理の問題でもあったのだから、『復活』でこそ、トルストイ的な性の問題が全面的に取り上げられた、とも言える。

『復活』の多面的な性格について語るとすれば、伝記の次元では、まずこの作品の制作にかかった時間の長さを考えなければなるまい。トルストイが『戦争と平和』の制作に費やした年月は約六年、『アンナ・カレーニナ』には約四年なのに、『復活』は一八八九年から九九年まで、十年にわたって書かれている。『復活』は断続的に書かれているから、集中的に書かれたほかの二つの長編に比べると、時間の密度が薄いのではないか、という気もする。しかし、実際はそうではない。トルストイの三大長編の完成稿の長さを比較すると、『戦争と平和』、『アンナ・カレーニナ』、『復活』の順に、3：2：1の割合で、『復活』がいちばん短いのに、現在残されている原稿や校正刷りの分量は、2：1：2.5で、『復活』がいちばん多い。

その上、『復活』の執筆期間は、ただ物理的に長いだけではない。この十年の間には、『生命論』、『クロイツェル・ソナタ』、『神の国は汝らのうちにあり』、『芸術とは何か』などが書かれ、トルストイ主義が構築されている。トルストイはその思想形成の途中で、自分の信仰の「挿絵」として民話を書き、『生命論』の「挿絵」として『イワン・イリイッチの死』を書いた。また、『クロイツェル・ソナタ』は、かれ独特の性欲論の文学的表現であり、『光あるうちに光の中を歩め』は、アナーキズムの主張に呼応していた。つまり、かれは文学活動を拒否するどころか、理論的な著作を発表しながら、要所要所で必ずそれに見合う文学作品を書いている。とすれば、当然、トルストイ主義全体を包み込む作品も書かれなければならない。『復活』がトルストイ主義形成の長い過程の中で書きつづけられ、その過程が終わると同時に世に出されていることは、『復活』がまさにトルストイ主義全体の芸術的表現だったことを示している。

トルストイが『復活』の出版を決意した直接のきっかけは、異端のキリスト教徒であるドゥホボールのカナダ移住資金を得るためだった。このエピソードは、コーニの話と同じように、多くの解説や伝記で紹介されていて、広く知られている。もちろん、ドゥホボールとの関係がなくても、後期のトルストイの思想を総合的に表現している『復活』は、トルストイ主義形成後、あまり間をおかずに出版されたに違いない。ただ、それがドゥホボール移住資金獲得のために多少早められた。トルストイは著作権を否認していたが、資金づくりのために、『復活』を売る決意をしたのである。

当時、トルストイの著作は全世界で読まれていた。とくに、かれが『アンナ・カレーニナ』以来二十年ぶりに長編小説を発表すれば、爆発的な売れ行きになることは、簡単に見通せたので、買い手を見つけるのに苦労はいらなかった。革命前のロシアでもっともポピュラーなイラスト週刊誌「ニーワ」(「畑」の意)が掲載を引き受け、前金として一万二千ルーブルをトルストイに支払った。一万二千ルーブルといえば、今の日本の一億円を下らない大金だが、トルストイの作品の値段としては安いものだった。ソフィア夫人の日記によると、トルストイ自身は、『復活』を出版すれば、ドゥホボールの移住資金が十万ルーブルはかせげると計算していたそうだ。

ドゥホボールというのはキリスト教の異端の一つで、十八世紀のなかばに、ウクライナで生まれたものだという。ロシア正教の儀礼を否定し、神に仕え、神の王国を地上に実現するために、禁欲、不殺生を実践する一派で、トルストイの思想に近いものがあった。ロシアの治安当局はトルストイ主義をキリスト教の異端と見て、ドゥホボールなどと同じカテゴリーに入れていたほどであった。トルストイもドゥホボールに対して、思想的同志のような、親しみを感じていた。十九世紀後半になって、ドゥホボールにはピョートル・ヴェリーギンなどの強硬な指導者が現れ、カフカースを中心にして、国家に対する頑強な不服従運動を展開しはじめた。

皇帝も、国家も、教会も、私有財産も認めず、兵役も拒否し、税金も払わないので、政府はドゥホボールを弾圧しはじめ、ヴェリーギンも逮捕された。しかし、無抵抗による抵抗はいっこうに止まない。大目に見れば、その波及効果が恐ろしく、あまり弾圧すれば、信仰の自由の侵害として、国際世論まで敵にまわしかねないので、政府は苦境に陥った。そこで、カナダへの移住を認めて、ロシアから穏便に追放することにした。もちろん、その費用まで国庫から出してくれるはずはないので、トルストイたちがその資金を調達することになった。移住は一八九八年暮れからはじまり、一九〇二年には、ヴェリーギンもシベリアの流刑地から解放されて、カナダに移った。かれらはカナダで私有財産も、権力構造もない、ユートピア的な共同生活のコロニーをつくって生活し、カナダ政府もかれらに寛大だった。周囲の生活との関係から、昔ほどの厳しさはなくなったようだが、ドゥホボールのコロニーは現在もカナダに存続している。

ドゥホボール援助は、『復活』の発表を促進した「外面的な」きっかけであった。しかし、この作品の出版が国家や暴力を否定する人たちへの協力という実践と結びついていたことは、「外面的」と言ってかたづけるには、あまりにも重い意味をもっている。

最後にもう一つ、『復活』が当時の有名な画家レオニード・パステルナークの挿絵つきで、「ニーワ」誌に発表されたことをつけ加えておこう。文学作品の挿絵には、もちろん、いろいろなタイプのものがあるが、パステルナークの『復活』の挿絵はこの上もないほどリアリスティックなものであった。あまりにもリアリスティックな挿絵は読者の想像力を制限し、かえって原作のイメージをこわすことがあるが（文学作品をもとにした映画やテレビの映像も、原作のイメージをこわすことがある）、パステルナークの挿絵はトルストイの気に入り、読者にも好評だった。ロシア内外のその後の『復活』の出版でも、この挿絵がしばしば使われている。

『復活』のような深刻な大作が、ポピュラーな絵入り週刊誌に挿絵つきで発表されたと聞くと、現代のわれわれには奇妙な感じがし、トルストイはドゥホボールの移住資金かせぎのためにそんな妥協までしたのか、と思ったりする。しかし、これはまったくの間違いである。第一、トルストイの中には純文学と大衆文学の差別などはなかった。『復活』もなるべく多くの人に読まれることを願い、それを信じて発表されたのである。しかも、ロシアには、十八世紀以来「木版画文学」と呼ばれる絵入り大衆文学出版の伝統があった。それは、日本の江戸時代の絵草紙や、現代の劇画に通じ合うものと考えてよいであろう。トルストイたちの出版所「ポスレードニク」は、この伝統を逆手にとって、挿絵なども大いに利用しながら、大衆に親しみやすく、しかも、内容の高い作品を広めようとしていた。パステルナークの挿絵入りの『復活』は、この路線の延長だったのである。トルストイは自分の思想を包括的に表現した、深刻な大作『復活』が劇画感覚で出されることを望んだのである。

この画家レオニード・パステルナークの息子が、詩人として、また、長編小説『ドクトル・ジバゴ』の作者として名高い、まぼろしのノーベル賞作家ボリス・パステルナークである（一九五八年、かれはソ連政府の圧力で、ノーベル賞を辞退させられた）。父が『復活』の挿絵を書いていた時、未来の詩人はまだ九歳の少年だった。かれはその自伝で、父が『復活』の挿絵に精魂をかたむけていたことを、なつかしさと誇りを込めて思い起こしている。『復活』から約半世紀後、かれが圧制の中で『ドクトル・ジバゴ』を書き、革命に翻弄される良心の苦悩を描いていた時、その脳裏には『復活』の残照が浮かんでいたに違いない。

十三　破門

トルストイを破門した権力を揶揄したイラスト
（1908年9月5日「マンチェスター・ガーディアン」紙）

一九〇一年初め、ロシアの宗務院（シノド）はついに、トルストイをロシア正教会から破門することを決断した。ロシアの宗務院というのは、教会内部の機関ではなく、教会関係のことを取り扱う、国家最高の行政機関である。これは元来、教会を国家の支配下におくために、一七二一年、ピョートル大帝が設置したものだった。宗務院設置と同時に、ピョートルは総主教（教会の最高職）を廃止し、教会の冠をひきはずしてしまった。宗務院のメンバーには教会の高僧たちが入っていたが、長官は世俗の人間から選ばれる規則になっていた。だが、この結果、教会が国家に服従するようになって、その力が弱まったとは言えない。むしろ、ロシア正教は名実ともに国教となって、強力になり、宗務院は聖俗権力複合体とも言うべき権力機関として、ロシア革命までほとんど二百年の間、強大な力をふるいつづけたのである。

一九〇一年二月二十〜二十二日付の宗務院のトルストイ破門決定書は、「教会通報」に発表され、ロシアの各新聞にも掲載された。トルストイ本人には、事前に（後で述べる小さな例外）をのぞいては説得も説明もなく、釈明の機会も与えられなかったばかりでなく、破門決定の通告も送られなかった。トルストイ自身も、その周辺の人たちも、破門の決定を、一般の人と同じように、新聞紙上で知ったのである。しかし、トルストイは破門を知ってもまったく驚かなかった。ソフィア夫人はその日記に、破門を知った時のトルストイの反応を次のように記している。

「夫がいつもの散歩に出かけようとしていた時、郵便局から手紙と新聞が届いた。それは玄関の間の小さなテーブルの上におくことになっていた。夫は帯封を破って、いちばん初めの新聞で、自分を教会から破門した宗務院の決定を読んだ。読み終わると、帽子をかぶって、散歩に行ってしまった。何の印象もなかった」

その後まもなく、トルストイはこの破門に対して抗議をするようになるが、それは自分が破門されたことに衝撃を受けたからではなく、教会の虚偽と一般の人に対する攻勢を、だまって見ていられなかったからである。

トルストイが破門に驚かなかったのは当然のことだった。なぜなら、破門される二十年も前から、かれは『懺悔』、『教義神学研究』、『四福音書の統合と翻訳』などを書いて、自分の方から、ロシア正教に挑戦状をたたきつけていたからである。この二十年前の時点ですでに、トルストイは破門されて不思議ではなかった。一九〇一年の宗務院の破門決定は、トルストイから見れば、「証文の出し遅れ」のようなものであった。

では、トルストイが教会を徹底的に批判しているのに、なぜ教会や宗務院は、二十年もかれを破門せずにいたのだろうか。それは第一に、かれらが自分たちの権力を信じていたからである。ピョートル大帝以後のロシアで、国家と教会が一つの権力複合体をつくっていたことは今述べたとおりだが、一八八〇年から一九〇五年まで宗務院長官をつとめたポベドノースツェフはとくに、国家と教会の一体化を、ロシアのもっとも重要な柱と考えていた人物だった。しかも、かれは皇太子時代のアレクサンドル三世の教育係で、皇帝に大きな影響力をもっており、当時の権力を代表する政治家であった。トルストイが猛烈なロシア正教批判をはじめた時、教会も、宗務院も、政府も、はじめは、トルストイの批判などは、この世に存在しないようなふりをすることにした。そして、トルストイの著作を発禁にしたり、検閲で肝心な個所をカットして出版させた。これは政府や教会がいつも使う得意技で、とくに、この時期には、言論の自由の圧迫が一段と強まっていた。一八八二年には、「定期刊行物に関する臨時措置法」がつくられ、八四年には、有力な雑誌「祖国の記録」が発禁になってしまった。しかし、トルストイは並みの作家や評論家ではない。国内で禁止されたかれの著作は、国外で喜んで出版され、それが逆にロシアに入り込んだりした。ポベドノースツェフたちが信じていた権力の効能は、トルストイには通用しなかったのである。

法律や行政の力でトルストイの著作を圧殺することができないのを知ると、教会も政府も、相変わらずできるだけ圧迫をつづけながら、その圧迫から洩れたものに対しては、見て見ぬふりをした。とくに、皇帝アレクサンドル三世は（かれの治世は、弾圧の時代として、歴史にとどめられているのに）トルストイに対しては、慎重な態度を保ち、かれには直接攻撃を加えないことにしていた。九四年にアレクサンドル三世が死んで、ニコライ二世の時代になっても、この状態はしばらくつづいた。

教会や政府がトルストイの言動に対して見て見ぬふりをしていたのは、一つには、トルストイの自滅を待つためでもあった。神聖な教会を非難し、至高の国家権力を攻撃するような言葉が、良識ある人の共感を得るはずはないと、かれらは期待していたのであろう。しかし、トルストイの言葉は、その期待を裏切って、多くの人々の胸にしみ込みはじめた。当時の良心的な知識人で、トルストイ主義に関心をもたなかった人はいない、と言ってもよいほどで、チェーホフも、ゴーリキーも、ノーベル賞作家のブーニンも、トルストイの言説に耳をかたむけた。民衆の中でも、前に触れたように、トルストイの教えに従って、兵役を拒否する者までが出てきた。

教会と政府のもう一つの思惑《おもわく》は、ただでさえ世間の注目を集めているトルストイを破門して、かれを受難者にしてしまい、かえってその教祖的な魅力を高めてはいけない、ということだった。しかも、この逆効果がロシア国内ばかりでなく、国外にも及び、ロシアの権力者が国際世論を敵にまわして、孤立することを恐れていたのである。

「危険思想」をばらまいているトルストイをこうして野放しにしているのは、強硬派には我慢のならないことだった。「トルストイ切るべし！」という声は、二十年の間に何度も繰り返された。一八九一年三月には、アレクサンドル三世即位記念日の祝典で、ハリコフの長司祭ブトケーヴィチが、公衆の面前でトルストイを攻撃し、かれに破門を宣告した。これは一地方の司祭の宣告で、公式の束縛力はもたなかったが、トルストイは公式の破門の十年前にすでに、ハリコフの領域では破門されていたことになる。

この「破門」が強硬派の先走った行為だったのか、すでに強硬意見にかたむいていた教会と政府が、ブトケーヴィチを使って上げた観測気球だったのか、よくわからない。いずれにしても、その翌年の九二年三月には、飢饉救済活動のためにサマーラに行っていた夫に、ソフィア夫人が手紙で伝えているところによると、モスクワ大主教がトルストイの破門を望んでいるという知らせが夫人のもとに届いていた。この時は、宗務院長官のポベドノースツェフもすでに破門断行にかたむいていたが、皇帝アレクサンドル三世がトルストイには手をつけないという、即位以来の態度を変えず、結局、破門が実現しなかったのだ、と言われている。

その後、一八九七年九月に、ドミートリー・トロイツキーという司祭がトルストイのところに来て、ロシア正教に復帰するように説得したが、効果はなかった（これが、この章のはじめに書いた、トルストイ説得の「小さな例外」であった）。この司祭は、破門実施後も、三度トルストイの

「説得」に訪れており、トルストイはこの司祭を身辺調査を目的とする官憲の手先ではないかと疑っていた。その真偽のほどはわからないが、トロイツキーはトゥーラ市の監獄の司祭だったから、いずれにしても、トルストイは犯罪者なみに悔悟《かいご》を求められていたことになる。

このような破門の遠鳴りも、トルストイの活動に何の影響も与えなかった。かれは一八九〇年から九四年にかけては、国家そのものを否定する『神の国は汝らのうちにあり』を書き、九九年には、『復活』を書いた。この作品では、国家、権力、教会、裁判、法律など、体制のすべてが痛烈に批判されているが、それは『復活』以前のトルストイの著作にあったものの総合で、とくに新しいものではなかった。この作品で新しいものは、何よりもまず、「復活」という題名だった。

キリスト教国の人たちにとって、「復活」という言葉は特別の意味をもっている。それはキリストが死人を復活させたばかりでなく、自らが十字架上ではりつけになって死んでから、三日後に復活したという、奇跡を意味している。そして、この復活の奇跡がキリスト教の信仰の根幹となっているばかりでなく、キリスト教のすべての行事が、春の復活祭（イースター）を軸に行われており、それがキリスト教徒たちの生活の中心になっている。トルストイの『復活』も、同じように、復活祭を軸に展開されており、まさに、復活祭の夜に、ネフリュードフはカチューシャを犯す。つまり、キリストの復活を祝う、意味深く、喜ばしい日に、二人の堕落（精神的な死）

が生じるのである。そして、十年後、二人は殺人事件の法廷で再会し、苦しみの末、ともに精神的な「復活」をとげることで、この小説は終結する。これは明らかに、教会の復活についての教えを、パロディー的に読みかえたものであった。トルストイは復活の伝説を信仰の不変性を象徴する説話と考え、それを文字どおり肉体の復活とする教会の教えを否定し、一人一人の人間の精神的復活と、それによる世界全体の復活という自分独自の復活観を、教会の復活観に対置したのである。

『復活』の中にみちみちている国家、教会に対する痛烈をきわめた非難、トルストイ独自の復活観、そして、「復活」という神聖な言葉を「横取りして」自分の小説の題名にし、それによって教会を冒瀆《ぼうとく》したこと、これらはすべて、もはや教会と宗務院にとっては赦《ゆる》し難いことだった。おまけに、『復活』の中には、宗務院長官ポベドノースツェフがトポロフという名で登場させられており、数ページにわたって、「鈍感で、道徳的感情の欠けた人間」といった、こっぴどい表現を浴びせかけられていた。トポロフという名前そのものが、「斧《おの》の人」を意味する象徴的なものであった。もちろん、政府はロシア国内での出版では、『復活』の都合の悪いところを検閲で削除したが、国内の出版とほとんど同時に、英語、フランス語、ドイツ語で出版されてしまい、検閲の「斧」もトルストイを切り倒せなかった。

このようにして、『復活』が世に出たことで、トルストイの破門は決定的になった。それに、トルストイの思想はますます社会に大きな影響を与えて、政治的な危険性を帯びるようになっていた。また、ロシアの情勢は年ごとに緊迫の度合いを加え（まもなく、一九〇五年には、第一次ロシア革命が起こることになる）、その中でのトルストイの存在は、権力者にとって、頭痛の種以上の恐怖になっていた。

このほかにもう一つ、宗務院と教会がトルストイの破門に踏み切った理由がある。この頃、トルストイは七十歳を越え、当時としては、相当な高齢になっていた（ちなみに、十九世紀ロシアの七大作家のうち、八十二歳まで生きたトルストイをのぞくと、あとの六人、プーシキン、レールモントフ、ゴーゴリ、ツルゲーネフ、ドストエフスキー、チェーホフの平均寿命は四十六・五歳である）。しかも、六十代になってから、トルストイは肝臓疾患、リウマチなどいろいろな病気に悩まされはじめ、死ぬことも考えられるようになった。

権力者たちはトルストイのこの弱みにつけ込み、かれをただの破門ではなく、アナテマにするとおどかして、その頑強な態度をくじこうとした。アナテマというのは、ただ会議などで破門を決定して、それを発表するだけでなく、一定のものものしい儀式を行い、呪いにかけて破門することである。ただの破門なら、悔い改めて、教会に復帰することも可能だが、アナテマになれば、教会に戻ることは望めず、葬式も埋葬もしてもらえなくなる。そうすれば、トルストイの魂は「地獄に落ちる」ことになるのである。これまでアナテマにされたのは、公認教会に従わなかった「分離派」の指導者で、火あぶりの刑になったアヴァクームや、農民反乱の首領ステンカ・ラージン、プガチョーフなど、「極悪非道」の大罪人ばかりだった。

一九〇一年二月の宗務院のトルストイ破門決定は、アナテマではなかったが、その可能性ににおわすものであった。アナテマは年に一回だけ、大精進節の最初の日曜日にしか行われないことになっており、一九〇一年には、その日は二月十八日にあたっていた。トルストイの破門決定は、故意か偶然か、二月二十日すぎに行われており、アナテマを実行するには、あと一年待たなければならなかった。それはトルストイに向かって「あと一年よく考えてみろ」と言っていることでもあった。

こうして、二十年ためらった末、ロシア正教はトルストイを破門した。しかし、それは実質的に何の効果もなかった。破門によってトルストイの気力がくじけることもなく、その名声が失墜することもなかった。逆に、破門決定は教会や政府が恐れていた結果をひきおこした。それは、強大な暴力に対して敢然と闘う信念の人というイメージを、いっそう強くロシア内外の人々の心に焼きつけてしまったからである。当時の有力なジャーナリスト、評論家で、トルストイの言動に批判的だったスヴォーリンは、一九〇一年五月二十九日の日記にこう書いている。

「二人の皇帝がわが国にいる。ニコライ二世とレフ・トルストイである。強いのは二人のうちどちらか？　ニコライ二世はトルストイに対して何ひとつできず、かれの玉座を揺るがすことはできないのに、トルストイは疑いもなくニコライの玉座とその王朝を揺るがしている。かれを呪いにかけ、宗務院がかれに対して決定をする。トルストイがそれに答える、その答えは手書きで広まり、外国の新聞にまで載る。だれかがトルストイに手出しをしようとする。世界中が騒ぎ出し、わが国の当局はしっぽを巻いてしまう」

破門決定と同時に、各地の教会では司祭が説教の際に、一般信者に向かってトルストイ批判をし、政府教会寄りの新聞、雑誌もそれに同調した。つまり、反トルストイ・キャンペーンが展開されたのである。しかし、スヴォーリンも書いているように、トルストイ支持の声の方がはるかに強かった。トルストイ家には手紙、電報、激励文が次々に届いたばかりでなく、現在博物館になっているモスクワのハモーヴニキのトルストイ邸には、連日群衆がつめかけ、歓声をあげたり、花をもってきたりした、とソフィア夫人が書いている。

これに力を得て、ソフィア夫人は二月二十六日、トルストイの破門決定書に筆頭で署名したペテルブルグ大主教アントニーに、抗議の手紙を送った。その内容は、破門が教会の愛の教えに反していること、それが民衆の支持を受けていないことを訴えたものだった。アントニーはこれに答えて、残酷なのは教会ではなく、自分を破滅させるようなことをしたトルストイ自身であること、神の愛は無限だが、すべてのこと、すべての人を赦すものではないことを主張した。このソフィア夫人の手紙とアントニーの回答は、三月末の「教会通報」に発表された。

トルストイ自身は宗務院の決定を無視していたが、結局、四月四日付で「宗務院への回答」を書くことになった。それは、沈黙していてはいけない、という激励の手紙もあり、一方的な宗務院の攻撃を放置しておくことはできない、と感じたからであった。回答の内容は簡単で、要約すれば、

㈠　自分に対する教会の批判は「中傷」と言ってよい種類のもので、自分を不信者とし破門するなら、現代の知識人は皆同罪になる。

㈡　教会の教えこそ誤っていて、批判されるべきだ。

㈢　いちばん重要な神の教えは、互いに愛し合え、というもので、この神の意志をはたすことが、生きることの意味だ。

ということのだった。

しかし、トルストイは破門をめぐる争いに深入りしなかった。破門されようと、されまいと、かれの信仰や言動に変化はありえなかったからである。かれの信仰は長年の思索と実践の中で築き上げられてきたので、一片の決定書で簡単に変わるようなものではなかった。それに、トルストイは自分の信仰がロシア正教の公式の教義と食い違っていること、ロシアの民衆の多くは正教会の信者であることをよく知っていたが、自分の信仰と、ロシア民衆が本当に信じているものとはそれほど食い違っていないことを確信していた。そのことは、これまでの民衆との接触と対話や、民衆の信仰の研究などによって、確かめられていたが、破門をめぐる反応がさらに、そのことを再確認させてくれた。トルストイはこのような人々の支えを実感して、それを自分の力としたのである。

破門は、結局、国家と教会の強大な権力が、一個人トルストイにはねかえされる、という結果に終わった。

一九〇一年、トルストイの破門が決定された直後、スヴォーリンは「二人の皇帝がロシアにいる。ニコライ二世とレフ・トルストイだ」と書いた。はじめ宗務院はアナテマをちらつかせていたが、一年たってみると、そんなことは到底できないような世論が形成されていた。その数年後、一九〇八年に、イギリスの新聞「マンチェスター・ガーディアン」は、子どものように小さいニコライ二世が、その倍も背の高いトルストイを見上げている漫画を載せ、こんなキャプションをつけた。「もう承知しないぞ、お前はそんなに大きくなっちゃダメ！」。

もはや、ロシアにいるのは二人の皇帝ではなく、一人の巨人と、血筋によって皇帝を名乗らされている、小さな道化だったのである。

十四　暴力との闘い

八十歳の誕生日に（1908年8月28日）

トルストイの晩年は闘いの連続で、それは死の瞬間までつづいた。しかも、その闘いの相手は恐ろしく強大だった。もし、トルストイの晩年は、自己完成と無抵抗の時期であり、静かな大団円に向かうデクレッシェンドの時期だった、と考えるとすれば、それは大きな間違いである。トルストイが闘った恐ろしい相手の一つは、前章で取り上げた教会であり、もう一つは暴力であった。そして、その最大のものは、戦争と権力の暴力であった。

晩年のトルストイは絶対的平和主義者であり、いっさいの条件をつけずに、戦争を否定した。かれの無抵抗主義はそうした強い否定の精神から発しており、「抵抗」の一つのかたちであった。しかし、トルストイは、もちろん、苦しまずに、すぐに絶対的な戦争否定に到達したわけではない。それまでには、長い体験と思索の過程があった。

第五章で書いたように、トルストイは二十三歳から二十七歳までの青年時代に、二つの戦争を身をもって体験した。一つはカフカースの山民との戦争、もう一つはイギリス、フランスを相手にしたクリミア戦争である。

カフカースの戦争は、南に出口を求めるロシアの国益にもとづく戦争で、はっきり言えば、侵略戦争だった。ロシアは「住民保護」などの美名をつけてこの戦争を正当化し、トルストイも正義はロシアの側にあると思おうとしていた。しかし、かれはまもなくこの戦争に嫌気がさし、退職を望むようになっていった。その理由の一つは、戦争の目的に懐疑をもちはじめたためであろう。真実を見抜く作家の目をもっていたトルストイは、中編小説『コサック』に現れているように、山民たちに同情をいだかずにはいられなかったのである。

クリミア戦争がはじまった時、トルストイはすぐにカフカースから、クリミア付近へ転属を願い出た。客観的に見れば、ロシアがクリミアを領有していることが、すでに侵略的行為なのだが、ロシア人の感覚からすれば、トルコはともかく、フランスやイギリスまでが平和維持や侵略抑止を理由に、正義面をして乗り出してくるのは、我慢がならなかった。そして、クリミア戦争は、ロシア人には、敵の攻撃を受けて立つ、祖国防衛の戦いのように思えた。トルストイもそう思ったからこそ、クリミア戦争への参加を志願したのである。そして、一八五四年十一月、セヴァストーポリに到着した時には、かれは祖国のために戦うロシア兵士の士気を目のあたりにして感動した。その時、かれは兄セルゲイあての手紙にこう書いている。

「軍の士気は筆舌につくせません。古代ギリシャの時代にも、これほど英雄的な勇敢さはありませんでした。コルニーロフ将軍が軍を見まわりながら、《頑張ってるか、みんな！》と言うかわりに、《死ぬんだぞ、みんな、死んでくれるか?》と言うと、全軍が《死にます、閣下、万歳！》

とさけんだのです」

また、翌五五年八月、ついにセヴァストーポリが陥落した時には、エルゴーリスカヤ叔母さんにあてて、「町が炎に包まれ、フランスの旗が我が軍の堡塁《ほうるい》に立ったのを見た時、私は泣きました」と書いている。この頃のトルストイは愛国者であるばかりでなく、「防衛の」戦争を認めていたのである。

だが、同時にトルストイはこの戦争体験を通じて、戦争の残酷さ、愚劣さを身にしみて感じた。第五章で書いたように、この時、かれは戦争を「血と、苦しみと、死の中で」見、「なぜキリスト教徒が悔悟《かいご》の念を感じないのか」と、思い悩んだ。また、かれはカフカースに来た直後に書いた最初の戦争小説『襲撃』からずっと、「真の英雄とは何か、真の勇気とは何か」と、問いつづけていた。

戦争から帰って、農民の学校を開いた時、トルストイはロシアがナポレオンの大軍を破った一八一二年の祖国戦争のことを熱を込めて語り、生徒たちも拍手し、歓声をあげながら、それを聴いた。その後まもなく、トルストイはこの戦争をテーマに大作『戦争と平和』を書いた。その中では、祖国防衛のために、官民貴賤うって一丸となった、ロシアの栄光の時代が描かれている。ロシアの学者の多くがこの小説を「エポペーヤ（大民族叙事詩）」と呼んでいるほどである。

しかし、トルストイが絶対平和主義に大きく近づいたのは、実は、『戦争と平和』を書いたことによる。かれはこの作品の中で、自分の戦争体験をすべて洗い直し、いろいろな戦史を読み、フィクションの世界でさまざまな戦争場面を創造し、それについて思索した。その結果到達したかれの結論は、平和な生活こそが人間の生活であり、戦争は虚妄だという考えだった。

主人公の一人アンドレイ公爵は、アウステルリッツで軍旗をもって英雄的に突撃し、負傷して倒れる。そして、仰向けになったまま、無限の青空をながめて、戦いの栄光のむなしさを痛感する。女主人公ナターシャの弟で、まだ子どものペーチャは、愛国心に駆られてパルチザンに参加するが、最初の戦闘がはじまった瞬間に頭を射ち抜かれ、まったく無意味に死ぬ。『戦争と平和』には、こうした例が数多く示されている。同じ頃、もう一人のロシアの巨人ドストエフスキーが『罪と罰』を書き、「人を一人殺せば、罪人なのに、何万人も殺せば、なぜ英雄なのか」という問いを発していた。戦争に対するトルストイとドストエフスキーの考えは、ずいぶん違っていたが、二人とも文明は進歩しているのに、力の論理を信じて懲りない十九世紀から二十世紀へ向かう世界の進路を、深く憂えていたのである。

トルストイが『アンナ・カレーニナ』を書き終えようとしていた時、またしてもロシアとトルコの間に戦争がはじまった。トルストイはさっそくこれを自分の小説に取り入れ、アンナの自殺の後、生きる目的を失ったウロンスキーが、ただ死ぬだけの目的でこの戦争に参加することにした。そう書くことで、トルストイはこの戦争の愚劣さ、無意味さを浮き彫りにしたばかりでなく、皮肉きわまる調子でこの戦争を批判した。ロシアの世論はこの戦争を、ロシア人だけでなく、スラヴ民族全体を異教徒から守る聖戦としていたから、『アンナ・カレーニナ』を掲載していた「ロシア報知」誌の編集長カトコフは怒って、この部分（最終の第八編）の掲載を拒否した。トルストイは屈せず、第八編を自分で単行出版した。トルストイの徹底した反戦・平和主義は、こうして徐々に固められていったのである。

『懺悔』以後、自分独自の思想体系が形成されていき、ほかの暴力についても深く考え、愛を基礎とする倫理を主張するようになって、トルストイの戦争否定は、ついに、何の妥協も許さない絶対否定になり、無抵抗主義になった。トルストイの思想は力（ハード・パワー）の原理を全面的に否定し、それとは根本的に違う、愛と調和の原理を押し出すものだった。いったん力の原理を認めれば、すべての者が他人より強い力を求めて、はてしない争いがつづき、お互いに破滅するだけだ、とトルストイは確信したのである。

一八八五年に書かれた有名な民話『イワンのばか』で、トルストイはイワンの国の住民の無抵抗ぶりを、こう描いている。

「ごきぶり王は村を占領するために、軍隊を送った。兵隊たちはばか者たち（イワンの国の住民）から、穀物や家畜をうばい取りはじめた。ばか者たちはそれをわたして、だれも抵抗しない」。兵隊たちはやる気を失ってしまうが、王様に「戦争しない者は死刑だ」とおどかされる。そして、「兵隊たちはふるえあがって、王様の命令どおりにやりだした。家や穀物を焼き払い、家畜を殺しはじめた。それでも、ばか者たちは抵抗せず、ただ泣いているだけだ。じいさんも泣き、ばあさんも泣き、小さな子どもたちも泣いている。兵隊たちはいやになってしまった。それ以上進まず、軍隊はみんなちりぢりに逃げてしまった」。

ここには、民話的な、とぼけた、いささか滑稽な表現の中に、厳しい絶対不戦の思想が込められている。住民は敵の兵隊が略奪暴行のかぎりをつくし、おそらく危害が今にも自分の身に及ぶのを覚悟しながら、いっさいの抵抗をしない。そして、道徳の力、心の力で敵に勝ち、敵を追い払うのである。この突きつめた反戦論は、「自分が死ぬのがいやだから」とか、「戦争放棄の憲法があって、法を破るのはよくないから」といった、ひ弱な平和論ではない。まして、大国の軍事力の傘の下にいて、防衛はあなたまかせで、金もうけに血眼になったり、敵の陣営を有利にするために、自国の防衛力を弱めようとするたぐいの、卑劣な平和主義とは縁もゆかりもない。トルストイの反戦は、自分の信念をたたきつけ、自分の体を銃口にさらす、決死の行為なのである。それは暴力的な戦いより、むしろ危険で、勇気を要する「戦い」である。

トルストイに対して、「あなたは自分の愛する娘が目の前で殺されたり、犯されたりしていても、抵抗しないのか」といった、揚げ足とりの批判も向けられた。だが、かれは「そんなつまらないことを言っているひまに、実際に平和のために何かをした方がよい」と言って、取り合わなかった。そして、かれの空想的とも見える平和主義に同調するものが次第に増え、とくに、一九〇四〜〇五年の日露戦争の時には、トルストイの思想が日本にも波及した。

日露戦争がはじまるとすぐ、トルストイは論文『思い直せ』を書いて、反戦論を展開した。この頃のトルストイはすでに、愛国心も一種のエゴイズムとして否定しており、この戦争は国民のためのものではないから、ロシアも日本も負けた方がいいとまで言った。『思い直せ』は英語、フランス語、ドイツ語に翻訳され、日本でも幸徳秋水、堺利彦によって英語から翻訳され、「平民新聞」に掲載された。キリスト教的社会主義の立場に立つ安部磯雄は、このトルストイの主張に共感して、かれと文通をはじめた。当時学生だった志賀直哉、武者小路実篤なども、トルストイの反戦論に感動したと言われる。与謝野晶子が『君死に給ふことなかれ』を書いたのも、トルストイの『思い直せ』が日本で話題になった直後のことであった。

トルストイの絶対平和主義は、さまざまな批判にさらされながらも、かれの死まで微動だににしなかった。そして、かれの存在は、世界大戦や大革命の予感をはらむ世界の、精神的な支柱となった。トルストイの平和論をあまりにも純粋で、観念的と見て、不安を感じる人々も、かれの不動の信念と、体をはってそれを守ろうとする気迫を信頼したのである。

トルストイが闘ったもう一つの恐ろしい暴力、それは、権力が行使する暴力であった。

この暴力をめぐっても、トルストイにはさまざまな個人的な経験があった。第一に、トルストイ自身がこの点で、加害者の立場にいたことを見落としてはならない。農奴制廃止以前のロシアでは、地主は自分の領地の君主であり、農奴を所有していたばかりでなく、裁判権までもっていた。ツルゲーネフの母親などは、その権力を暴力的に行使して、ツルゲーネフの心に深い傷跡を残した、と言われている。トルストイは悪徳地主ではなく、農奴に体罰を加えたような事実は認められない。しかし、第七章で書いたアクシーニアとの関係などは、地主の権力の悪用であった。トルストイの権力に対する怒りは、ある程度、自分自身に向けた刃でもあった。

これ以外にも、ロシアには権力の暴力がいたるところにみちみちていた。これは、ロシアが民主化されていないとか、前近代的だったということで、説明がつくかもしれない。しかし、第六章で書いたように、トルストイは、近代的であり民主的であるはずの、花のパリでギロチン死刑を目のあたりに見て、衝撃を受けた。罰せられずに、平気で人を殺しているのは、野蛮国や専制国家ばかりではない。法と正義、理性と秩序をうたう文明国でも同じことが行われている。それは無知や粗暴さのためではない。人間を自由にあやつり、人間の命を自由に奪うことが許されると信じている、権力的思考のせいなのである。そして、西欧的、近代的「進歩」は、そういう権力的思考を増大させる方向に向かっている、とトルストイは考えた。

その後、かれは警察の家宅捜索を受けて、教育事業を妨害された。またかれは、上官を殴打して裁判にかけられた兵士シャブーニンの特別弁護人を買って出たが、その努力もむなしく、シャブーニンは死刑になってしまった。さらには、かつてかれの学校で働いていた若者が、ナロードニキの革命的な運動に参加して弾圧されるなど、トルストイはいろいろなかたちで、権力の暴力を体験した。その後もかれは、一八八一年に爆弾でアレクサンドル二世を暗殺したナロードニキの死刑に反対するなど、権力との闘いをつづけ、一八九三年、『神の国は汝らのうちにあり』を書いて、ついに、権力を全面的に否定する愛と良心のアナーキズムを主張するようになった。このアナーキズムの信念は、絶対平和主義と同じようにいろいろな批判を浴びはしたが、死ぬまでゆるがなかった。

とくに、トルストイが権力と闘ったのは、一九〇五年の第一次ロシア革命の時である。この年、日本との戦争の敗色濃いロシアでは、一月九日に数百の死者を出した「血の日曜日」の殺戮《さつりく》、五月に戦艦ポチョムキンの反乱などが相次いで起こり、国内は騒然となった。それに応じて弾圧も激化し、革命鎮静後に首相になったストルイピンも、革命家を厳しく処罰し、絞首刑が「ストルイピンのネクタイ」と呼ばれるほどであった。トルストイは、もちろん、暴力革命を否定していたが、革命側が権力よりはるかに非力だと判断していたし、当時のロシア人の多くと同じように、第一次革命の失敗で、ロシアでは革命の可能性はなくなったと考えていたので、革命の暴力をとがめる前に、血の制裁に強く反対した。そのために、トルストイは『一人たりとも殺すなかれ』(一九〇七年)、『黙ってはいられない』(〇八年)など、ほとんど同じ内容の論文を繰返して書いて、血の制裁に抗議した。

ストルイピン的な血の制裁に反対の知識人は、もちろん、たくさんいた。作家のコロレンコも、画家のレーピンも、のちに児童文学で名をはせたチュコフスキーもそうだったが、その精神的支柱は、言うまでもなく、トルストイであった。チュコフスキーは一九一〇年の夏、最高の識者数人に簡潔な死刑反対の文章を書いてもらい、それを読者数の多い新聞に、一斉に発表することを考えついた。トルストイの『黙ってはいられない』をふくめて、これまでの死刑反対論は複雑難解で、一般大衆へはアピールしにくい、と考えたのである。

チュコフスキーは、当然、この原稿をまっ先にトルストイに頼むことにし、勇気をふるって手紙を書いた。その手紙がトルストイのもとに届いたのは、一九一〇年十月二十四日、つまり、かれが家出を決行する四日前だった。トルストイは、名前は知っていたものの、一面識もない青年の依頼を家出後も忘れず、なんと、旅先の不便な環境の中でその原稿を書き、十月二十九日、宿泊先のオープチナ修道院で完成させた。それは、死刑を廃止するには、過激な手段をとったり、激しい抗議をするより、人々、とくに権力者たちに、人間とは何か、人間と世界との関係はどんなものかを教える方がよい、と説いたもので、一ページほどの短い文章だった。これを、かつての厳しい抗議の姿勢をあきらめた、弱々しいものと考えてはならない。八十二歳の老人が、真の知識を粘り強く説こうという、息の長い訴えをするのは、弱さではない。自分の主張の正しさを信じ、後につづく者を信じている人でなければ、こんな言葉は語れないのである。

この文章を書き終えた二日後に、トルストイは肺炎にかかり、熱を出し、床についてふたたび立つことはなかった。そのため、数え切れないほどあるトルストイの著作の中で、この小さな文章が最後のものとなった。

ちなみに、トルストイの全集は九十巻にもなるが、現在百二十巻（！）の新しい大全集が計画されている。

この文章は、トルストイの死後まもなく、十一月十三日に『有効な手段』という題名で「レーチ」紙に発表された。トルストイは文字どおり、息をひきとる直前まで、死刑に反対し、権力がふるいつづける暴力と闘ったのである。

当時、死刑廃止を訴えるのは、戦争絶滅を訴えるのと同じくらい、観念的な夢物語であった。しかし、それから八十年後の今、世界の約半数の国が死刑を廃止したり、執行を停止したりしている。

十五　家出と死

ソフィア夫人と（生前最後の写真、1910年9月25日）

トルストイは一九一〇年十月二十八日の早朝、なつかしいヤースナヤ・ポリャーナの屋敷を捨てて、家出をした。

『戦争と平和』や『アンナ・カレーニナ』などの名作を書いた大作家。愛と平和の教えを説いて、世界の尊敬を集めている思想家。伯爵の称号と広大な所有地をもつ貴族。そして、八十二歳の老齢。どれをとっても、家出などは考えられない。だから、トルストイの家出のニュースが伝わると、世界の多くの国で、センセーションを巻き起こし、日本でも、その原因をめぐって、論争が起こったほどであった。

トルストイの家出は、一面から見れば、前々から考えられていたことであり、長年の夢の実現であった。家出の二十六年も前、一八八四年六月十八日の日記に、かれはこう書いている。「私には必要でないし、やっかい払いしたいと思っているだけの馬のことで、妻が意味のない非難をした。私は何も言わなかったが、ひどく辛くなった。私は家を出て、すっかり家出をしてしまおうと思った。しかし、妻が妊娠しているので、やむを得ず途中で引き返した」。

しかし、その半面、トルストイの家出は何の計画もなく、急に思い立って決行された、とも言える。一九一〇年十月二十八日、家出当日のかれの日記には、次のように書かれている。「また足音、そっとドアをあけ、かの女（ソフィア夫人）が入ってくる。なぜかわからないが、それが私の心に抑えきれない嫌悪と怒りを呼びさました。眠ろうとしたが、眠れない。一時間ほど寝返りをうって、ろうそくをつけ、すわった。ドアをあけて、妻が入ってくると、『お具合はいかが』とたずね、私の前にろうそくがともっているのを見て、なぜ明かりをつけているのか、と驚いている。嫌悪と怒りが高まり、息が苦しくなる。脈をはかると、九十二。寝ていられなくなり、家出の決心を固める。かの女に手紙を書き、いちばん必要な物を荷造りする。ともかく、家出をしさえすればいいのだ」。

　家出の事情については、トルストイの秘書でヤースナヤ・ポリャーナにいたブルガーコフと、家出に同行した医者のマコヴィツキーの日記などで、かなりくわしく知ることができる。それらの資料を見ても、トルストイがあらかじめ家出の計画を用意していなかったことは、間違いない。かれは朝早く、急に家出を決意し、あわてて荷物をまとめ、ソフィア夫人に気づかれないように、足音をしのばせて、家を出た。その時、家出を知らされたのは、トルストイがいちばん信頼していた四女のアレクサンドラとその親友ワルワーラ、家出に付き添ったのは、医者のマコヴィツキーただ一人だった。アレクサンドラは、奇《く》しくも、二十六年前、ソフィア夫人が身ごもっていて、家出しかけたトルストイを引き戻した、あの因縁の子であった。

　アレクサンドラが聞いたところでは、トルストイは妹マリアが修道尼になって暮らしている、シャモルジーノ村の女子修道院に寄る、と言っただけで、行く先はわからなかった。だがそれは、ソフィア夫人などが追ってくるのを恐れて、行く先を隠したのではない。トルストイ自身どこへ行けばよいかわからず、マコヴィツキーに相談をもちかけ、マコヴィツキーも困って、その時に応じて、いろいろな返事をする始末だった。それでも妹のところに行く気持ちだけははっきりしていたようで、二人はともかく汽車で、南西に二百キロほど離れた、コゼリスク町まで行き、そこから馬車でオープチナ原野修道院に行って、修道院内で一泊した。妹のいる女子修道院は、オープチナ修道院の末寺で、その近くにあった。一夜明けると、トルストイの崇拝者の一人、セルゲーエンコが駆けつけてきた。かれがトルストイに「修道院の雰囲気はいやではありませんか」と聞くと、トルストイは「逆だね、気持ちがいいよ」と答えた。

トルストイはこれまでの反抗的な態度を後悔し、教会とも和解したいと思っており、家出はその悔い改めの行為だ、という説がある。家出後、すぐに修道院に行ったのもその証拠だ、という。しかし、これは間違いである。オープチナは由緒ある修道院だが、ロシア正教の権威的な側面を代表しているのではなく、民衆的な性格が強かった。そこでは、独特な思想や哲学がはぐくまれており、最近の研究では、その独自の哲学がトルストイの思想によく似ていることが、明らかになっている。トルストイは以前にもここを訪れており、気持ちのいい雰囲気があることを知っていたのであろう。

トルストイはオープチナにしばらく留まってもいい、と思っていたほどだったが、二十九日の昼すぎ、そこを後にし、マコヴィツキー、セルゲーエンコをともなって、夕方、十二キロほど先のシャモルジーノに着いた。そして、すぐに、妹のマリアに会い、翌日も二人は一日語り合った。会うと、いきなりトルストイは「ソフィアには困るよ」と、夫人のことで愚痴をこぼしはじめたが、その後はなごやかな会話になり、二人の表情は明るく、満足そうだったという。

セルゲーエンコは二十九日の夕方にシャモルジーノを去ったが、三十日には、三女のアレクサンドラとその友だちのワルラーラが来てくれて、一行は三女とその友人をふくむ、四人になった。その日のうちに出発する予定だったが、もう一晩泊まることにした。というのは、相変わらず行く先がきまらなかったからである。ところが、翌日(三十一日)の明け方四時頃、トルストイは、家出の時と同じように、マコヴィツキーをたたき起こし、「出発だ、出発だ」とせき立てた。アレクサンドラ、ワルワーラも起こして、馬車でコゼリスクまで行き、汽車に乗った。しかし、それでもまだ、行く先はきまらず、カフカース、ブルガリア、ギリシャなどの案が出された。

だが、もうその時、人間の知恵でトルストイの行く先をきめる必要はなくなっていた。かれは車中で元気がなくなり、寒気を訴え出した。午後六時に体温をはかってみると、三十八度五分あった。六時三十五分、列車はアスターポヴォという小さな駅に停車した。トルストイはそこで汽車を降り、駅長オゾーリンの宿舎で病床についた。寒さと疲れで、肺炎にかかっていたのである。

子どもたちや知人ばかりでなく、報道陣も「トルストイ倒る」のニュースを聞いて、小駅アスターポヴォにつめかけ、あたりは緊張した雰囲気につつまれた。トルストイの家出を知って、狂乱状態になり、池に飛び込もうとしたソフィア夫人も、いくらか気を取り直して、特別列車でやって来た。しかし、夫妻の双方が興奮して、トルストイの病状に悪影響があってはいけないので、夫人はトルストイに会わせてもらえなかった。死の直前、かの女は病室に入るのを許されたが、それも一瞬であった(トルストイが夫人を部屋に入れさせなかった、という説があるが、そうではない。トルストイには、ソフィア夫人が来たことを、知らせなかったのである)。

床について、トルストイは少し元気になったが、ふたたび病勢が悪化し、十一月七日午前六時五分、八十二年余の大生涯の幕が閉じられた。トルストイが息をひきとったアスターポヴォ駅は、今ではレフ・トルストイ駅と呼ばれている。

人間の言動には、他人に理解できないものがよくある。まして、トルストイのように複雑で、スケールの大きな人物の場合には、普通の人間に理解できないことがあっても、不思議ではない。しかし、死出《しで》の旅となったかれの家出は、あまりにも不可解である。

前にも述べたが、トルストイは状況が複雑にもつれてくると、それを一つ一つ解きほぐしてもとの形に戻すより、ひと思いに断ち切って先へ進む癖があった。大学中退・帰郷、カフカース行き、クリミア転属願い、結婚、『懺悔』など、すべて、こうした「脱出（出奔）」のパターンに属している。家出もその「脱出」の一つのように思える。しかし、ほかの場合はすべて、「逃げ出す」というマイナス面ばかりでなく、逃げた後に何かをするプラス面をもっている。大学中退→農業経営・自己鍛錬、カフカース行き→文学創作・神の探求、クリミア行き→祖国防衛・ロシア人の精神力の発見、結婚→家庭の建設・創作への集中、『懺悔』→自分の思想体系の構築、といった関係が認められる。ところが、家出の場合は、慣れ親しんだ生活環境を捨てるという大きなマイナスに見合う、プラス面が見あたらない。

そのため、トルストイの家出をめぐっては、当時から現在まで、数えきれないほどの解釈がなされている。たとえば、

㈠　ソフィア夫人との不和。

㈡　ソフィア夫人とチェルトコフの抗争の板ばさみ。
㈢　特権的生活の放棄。
㈣　世間的なわずらわしさからの離脱。
㈤　もうろく、老人性うつ病。
㈥　死の予感。
㈦　創作力の枯渇《こかつ》。
㈧　修道院生活の希望。
㈨　闘争的生活の放棄。
㈩　教会復帰の希望。
(十一)　革命的時代潮流からの落伍《らくご》。

などである。

このうち、㈨、㈩、(十一)は考慮に値しない。前章で書いたように、トルストイは倒れる寸前まで、チェコフスキーに頼まれた死刑反対の文章を書いており、闘争を放棄していない。また、トルストイが危篤だという知らせを聞いて、大主教アントーニーはトルストイに教会復帰をすすめる電報を送り、数人の高僧がアスターポヴォまでやって来たが、トルストイのそばに付き添う人たちは、まったく取り合わなかった。もしトルストイに教会復帰の意志があったら、身近な人たちはそれを知っていて、もっと妥協的な態度をとったはずである。

トルストイが革命的な潮流から落伍したというのも、革命を賛美する人の独善的な見方にすぎない。第一、一九一〇年はそれほど革命的な気分が高揚していた時期ではない。また、トルストイは暴力革命の誤りを確信していたから、その方向について行こうと焦るはずがない。それに、落伍した人間が自殺をしたというならともかく、家出をして何になるのであろうか。

(七)、(八)も説得力がない。たしかに、さすがのトルストイも、もう旺盛な創作力を失っていたのは事実だが、自分の思想を訴える文章を書くくらいの能力は十分もっていた。また、トルストイはオープチナ修道院に少し滞在してもいいと思っていたようだが、そこに永住するそぶりはまったく見せていない。

トルストイの家出の時の言動を見ると、常軌を逸したところがあり、老齢のための錯乱状態かうつ状態だったのか、と思われる点もある。また、トルストイは自然とともに呼吸していた人だから、死期をさとり、野獣のように、死に場所を求めて徘徊《はいかい》したのかもしれない。しかし、これでは、かれが四半世紀もの間、家出を考えていた理由が説明できない。

トルストイの家出の直接の原因がソフィア夫人であることは、すぐ前で述べたことから明らかである。また、それはトルストイの著作の出版に食い入っていたチェルトコフと夫人の争いにも関係していた。それに加えて、世間の批判、援助依頼、訪問者の増加などが、トルストイを悩ましていたことも事実である。しかし、このようなあまり次元の高くないことが、トルストイの最後の行為の原因になったのだろうかと、納得できない気持ちがする。

トルストイの生涯を書き進めてきて、筆をおくにあたり、私は、無力なことに、かれの最後の家出の行為を説明することができない。しかし、この家出とそれにつづく死ほど、トルストイにふさわしい最期はなかった。人間として、許されるかぎりの栄光と満足を手に入れたトルストイ。そのトルストイが家を捨て、名もない小駅で一生を終えたのは、あまりにもいたましい。しかし、かれの闘いと苦悩にみちた生涯を振り返ると、これほど象徴的で、これほどかれにふさわしい死はなかったような気がする。

かれは一生、悪に対して、暴力に対して、権力に対して、批判を投げつづけた。トルストイのいたましい家出と死は、富と物質によごれ、二つの大戦と、革命と、反革命と、ファシズムの暴力に血塗られた、かれの死後の二十世紀に向かって投げつけられた、トルストイの最後の、もっとも鮮烈なメッセージだったのである。

トルストイ略年譜

西暦	元号	齢	事項
一八二八	文政11	0	八・二八　モスクワの南約二百キロ、トゥーラ県のヤースナヤ・ポリャーナで伯爵家の四男として誕生。父、ニコライ。母、マリア。ニコライ（五歳）、セルゲイ（二歳）、ドミートリー（一歳）の三人の兄がいた。
一八三〇	天保元	2	三・二　妹マリア誕生。 八・四　母マリア死去。遠縁のタチヤーナ・エルゴーリスカヤが実質的に第二の母になる。
一八三三	天保4	5	ドイツ人家庭教師レッセルの教育を受けはじめる。
一八三七	天保8	9	一・一〇　トルストイ家モスクワへ移る。 六・二一　父ニコライ、トゥーラ市の路上で脳卒中のため急死。父の妹アレクサンドラ・オステン＝サッケン伯爵夫人が後見人となる。
一八三八	天保9	10	五・二五　祖母ペラゲーヤ死去。

一八四一	天保12	13	八・三〇　アレクサンドラ・オステン＝サッケン伯爵夫人死去。 一一月　新しい後見人ペラゲーヤ・ユシコーヴァのいるカザン市へ移る。 エルゴーリスカヤと別れる。
一八四四	弘化元	16	五〜六月カザン大学受験、不合格。 八・二二　宮廷侍医アンドレイ・ベルスに次女ソフィア・アンドレエヴナ生まれる（未来の妻）。 九・二〇　カザン大学に再試験で合格。アラブ・トルコ語科に入学。
一八四五	弘化2	17	八月　法学部への転部願を出す。
一八四七	弘化4	19	三・一七　日記をつけはじめる。 四・一一　ヤースナヤ・ポリャーナを正式に相続。 四・一二　「病気と家庭の事情」を理由に退学届けを提出。 五・一　五年半ぶりに生まれ故郷ヤースナヤ・ポリャーナに帰る。自己鍛錬と農村経営に打ち込む。しかし、数か月で挫折。 一一・三　妹マリア、遠縁のワレリアン・トルストイと結婚。
一八四九	嘉永2	21	この頃、トランプ賭博に熱中。借金返済に苦しむ。 四月　ペテルブルグ大学で法学士の資格認定試験を受験、中途放棄。

			秋　小規模ながらも農民学校を開設。
一八五〇	嘉永3	22	夏　ヤースナヤ・ポリャーナで過ごし、音楽に熱中。 一二・八　ジプシーの生活に材を取った小説を構想。「ばくちをする時の規則」を日記に記す。
一八五一	嘉永4	23	一・一八　『幼年時代』着想。以後、断続的だが創作活動はじまる。 三月　習作『きのうのこと』執筆。 四・二九　軍隊に戻る兄ニコライとともにカフカースへ旅立つ。 五・三〇　カフカースの村スタログラトコフスカヤに到着。 夏　『幼年時代』の執筆をつづけ、ローレンス・スターンの『センチメンタル・ジャーニー』の翻訳を試みる。
一八五二	嘉永5	24	六〜八月　ルソーを読む。 七月初め　処女作『幼年時代』完成。四日、「同時代人」誌へ送る。同誌九月号に『我が幼年時代の物語』と改題されて発表される。 一〇月　軍務から退こうと考える。 一一月　『少年時代』執筆に本格的に取りかかる。この頃、ルソーにならって神と霊魂の不滅を信じるようになる。

			一二月『襲撃』完成。「同時代人」誌に送る（翌年三月号に掲載）。
一八五三	嘉永6	25	一月　戦闘参加。戦争否定の気分強まる。 七〜八月　ふたたび、神と霊魂不滅を認める「信仰告白」を日記に記す。 クリミア戦争勃発し、トルストイの軍務退職は不可能になる。前線部隊への転属を志願。
一八五四	安政元	26	二・二　ヤースナヤ・ポリャーナに一時帰省。親族と「最後の」別れ。 三月　ドナウ方面軍に配属される。 三・一二　ブカレストに到着。 四・二七『少年時代』を「同時代人」誌に送る（一〇月発表）。 一一・七　セヴァストーポリに到着。 一二月『十二月のセヴァストーポリ』着手（翌年六月発表）。
一八五五	安政2	27	三・一二『青年時代』着手。 四・五〜五・一五　セヴァストーポリ攻防戦の最激戦地第四堡塁へ入る。 五〜七月『五月のセヴァストーポリ』執筆（八月発表）。 六月『森を切り倒す』執筆（九月発表）。 八・二八　セヴァストーポリ陥落。 九〜一二月『八月のセヴァストーポリ』執筆（翌年一月発表）。

			一一月　ペテルブルグへ向かう。主にツルゲーネフ邸に宿泊し、首都の文学者たちから歓迎される。しかし、なじめず。
一八五六	安政3	28	一・二二　兄ドミートリー死去。 四・一九　『二人の軽騎兵』完成。進歩の風潮に批判の目を向ける。 五～六月　ヤースナヤ・ポリャーナの農民に解放案を提示。農民と協議の上、解放契約案を作成したが、結局、農民の拒否にあう。 九月　『青年時代』完成（翌年一月発表）。 一二月　『地主の朝』完成、発表。 秋～冬　結婚を夢見て隣村の地主の娘ワレーリア・アルセーニエワと文通をつづけたが、トルストイの過大な精神的要求のために不和に終わる。
一八五七	安政4	29	一・二九　最初の西欧旅行に出発。 三・二五　パリでギロチンによる公開死刑を見る。近代国家体制全体に対する懐疑、文明と進歩に対する強烈な不信感を抱き、翌々日パリを発つ。 六・二五　スイスのルツェルンで、大道芸人を観光客が侮辱したことに憤激、それをもとに短編『ルツェルン』を十日足らずで完成。 七・二〇　妹マリアの家庭不和の報を受け、帰国を決心。 八・八　ヤースナヤ・ポリャーナに帰る。文学、家庭、農事を自分の使命と

			考える。この頃から一〇月にかけて自分の農奴の解放に一応成功する。
一八五八	安政5	30	一月　『三つの死』完成（翌年一月発表）。 三月　『アルベルト』完成（八月発表）。 五月　夫のある農婦アクシーニア・バズイキナとの関係がはじまる。 夏　協同組合方式の農業経営を農民に提案。粘り強い交渉の末、ようやくの思いで受け入れられる。
一八五九	安政6	31	二・四　ロシア文学愛好者会入会演説。傾向文学に反対し、純文学の意義を強調。 四・五　『家庭の幸福』完成（五月発表）。 一一月　農民の子どもたちの教育をはじめる。
一八六〇	万延元	32	三・五　最初の教育論文『児童教育に関する覚書と資料』着手。 五月　アクシーニア・バズイキナとの関係つづき、「夫婦のような気持ち」を覚えるまでになる。 六・二五　妹マリアを連れて約九か月間の二度目の西欧旅行に出発。西欧各地の教育施設を見学。旅先でフレーベルの甥、ゲルツェン、プルードン、アウエルバッハに会う（翌年四月一三日帰国）。 九・二〇　兄ニコライ、肺結核で死去。深刻な打撃を受ける。

			一〇月　長編『デカブリスト』着想。
一八六一	文久元	33	三・一四　ブリュッセルでロシアの農奴解放令を読み、厳しく批判する。 四～五月　教育雑誌『ヤースナヤ・ポリャーナ』の発行準備。 五・二七　ツルゲーネフの娘の慈善事業をめぐり、トルストイとツルゲーネフが激論、トルストイが決闘を申し込む。翌日ツルゲーネフが謝罪、決闘は回避される。しかし以後十七年にわたって絶交状態がつづく。
一八六二	文久2	34	二月　教育雑誌『ヤースナヤ・ポリャーナ』第一号発行。 五月　心身に疲労を覚え、バシキール地方にクミス療法にでかける。 七・六～七　ヤースナヤ・ポリャーナの屋敷が家宅捜索を受ける。 八月　ベルス家の人々がヤースナヤ・ポリャーナを訪れる。 九・一六　ソフィア・アンドレエヴナ・ベルスに手紙でプロポーズする。婚約成立。二三日モスクワで挙式。新婦は十八歳。 一二月『コサック』完成（翌年二月発表）。
一八六三	文久3	35	二月　新たな長編を着想（未来の『戦争と平和』）。 六・二八　長男セルゲイ誕生。 九・八　妹マリアが婚外子を出産。トルストイ一族に衝撃。この頃、兄セ

			ルゲイがソフィア夫人の妹タチヤーナと恋愛関係になり、トルストイはこの二つの恋愛関係の解決に苦慮する。「愛」の問題と格闘。
一八六四	元治元	36	一〇・四　長女タチヤーナ誕生。 秋〜冬　長編『一八〇五年』執筆（のちに『戦争と平和』に発展）。
一八六五	慶応元	37	一・六　妹マリアの別居中の夫ワレリアン急死。 二・六　『一八〇五年』が「ロシア報知」誌に発表されはじめる。以後長編執筆に専念。日記もほとんど書かれず（本格的再開は一八七八年から）。
一八六六	慶応2	38	五・二二　次男イリヤ誕生。 六〜七月　上官を殴り軍法会議にかけられた一兵卒シャブーニンの弁護人になる。しかし被告には死刑の判決が下る。体制の非人間性を思う。 一一・一〇　長編小説の題名が『戦争と平和』になる。
一八六七	慶応3	39	六・七　トルストイの尽力により、兄セルゲイ、十八年越しの内妻マリアと正式に結婚。 九・二六〜二七　ボロジノ古戦場を実地調査。
一八六八	明治元	40	三月　『「戦争と平和」について数言』を発表。 九月　ショーペンハウアーを読み、感動。『初等教科書』の最初の草案を

			つくる。
一八六九	明治2	41	五～八月　カントとショーペンハウアーの著作を読み、人生について思索。ショーペンハウアーの翻訳を試みる。 五・二〇　三男レフ誕生。 九・二　旅先のアルザマスでかつてない強烈な死の恐怖に襲われる。 一〇月　『戦争と平和』完成（十二月発表）。脱稿後、虚脱感を味わう。
一八七〇	明治3	42	二・二三　『アンナ・カレーニナ』着想。同じ頃、ピョートル大帝時代に取材した長編に着手。 一二月　ギリシャ語の学習をはじめる。
一八七一	明治4	43	二・一二　次女マリア誕生。 一二月　『初等教科書』（第一編のみ）を組版にまわす。
一八七二	明治5	44	一～四月　邸内に学校を開き、家族とともに農民の子どもたちを教育。 三月　『カフカースの捕虜』完成（五月発表）。 六・一三　四男ピョートル誕生。 一一～一二月　ピョートル大帝時代の歴史を研究。 一二月　『初等教科書』出版。

一八七三	明治6	45	三月 ピョートル大帝時代の長編を放棄し、『アンナ・カレーニナ』着手。 七月 サマーラ地方の飢饉を視察。「モスクワ日報」紙へ飢饉救済を訴える手紙を書き、夫人とともに自ら救済活動にあたる。 一一・九 四男ピョートル、ジフテリアで死亡。
一八七四	明治7	46	一月 モスクワで自身の教授法についての公開講座を開く。 四月 モスクワ初等教育委員会がトルストイの教授法について検討。結論出ず。一八日、トルストイは自分の教授法を検討してくれるよう文部大臣に手紙を書く。 四・二二 五男ニコライ誕生。 五月 『国民教育論』執筆（九月発表）。 六・二〇 「第二の母」エルゴーリスカヤ死去。 一〇月 『初等教科書』が国民学校図書として文部省に認可される。 一二月 『新初等教科書』の執筆と編集を行う。
一八七五	明治8	47	一月 『アンナ・カレーニナ』、「ロシア報知」誌に連載開始。 二・二〇 五男ニコライ、生後十か月で脳水腫により死亡。 六月 『新初等教科書』、国民学校図書として認可。 一〇・三〇 三女ワルワーラ、早産で生まれ、死亡。

			一二・二二　ペラゲーヤ・ユシコーヴァ死去。まる二年間で五人の近親者を失う。
一八七六	明治9	48	三月　パスカル『パンセ』読む。その内容と著者の生涯に感動。 この年、『アンナ・カレーニナ』執筆と児童教育に打ち込む。
一八七七	明治10	49	五月「ロシア報知」誌編集主幹カトコフ、『アンナ・カレーニナ』第八編を反戦的内容を理由に掲載拒否。トルストイ、単行出版を決意（翌年一月発表）。 七月　オープチナ修道院を訪れる。 八月　ドストエフスキー、『作家の日記』で『アンナ・カレーニナ』の意義を論じる。 一一月　宗教研究をはじめる。 一二・六　六男アンドレイ誕生。
一八七八	明治11	50	一月　ニコライ一世とデカブリストについての歴史小説を構想。資料収集と研究に没頭。この年、長編『デカブリスト』を何度も書き直す。 四・六　パリのツルゲーネフに和解の手紙を出す。 八・八　ツルゲーネフ、ヤースナヤ・ポリャーナを訪れ、和解。

一八七九	明治12	51	三月　十八世紀の歴史小説を構想し、『デカブリスト』放棄。 六・一四　キエフのペチェルスキー大修道院を訪れる。収穫少なし。 一〇・一　三位一体セルギー大修道院を訪れ、レオニード副院長と宗教論。教会教義との絶縁を決意する。 一〇月中旬　宗教論文を書きはじめる（のち『懺悔』『教義神学研究』『四福音書の統合と翻訳』『わが信仰』へと発展）。 一一〜一二月『教会と国家』執筆（一八九一年ベルリンで発表）。
一八八〇	明治13	52	一〜二月『懺悔』を書き、『教義神学研究』に着手。 三月『四福音書の統合と翻訳』に着手。 五月　六月に行われるプーシキン記念像除幕式典への参加を辞退。この頃、トルストイが発狂したとの噂がモスクワに流れる。 一二・二〇　七男ミハイル誕生。
一八八一	明治14	53	二・二　ドストエフスキーの死を知り（一月二八日死去）、もっとも近しい人を失ったと感じる。 三・一　アレクサンドル二世暗殺される。中旬、トルストイ、新帝アレクサンドル三世に犯人の処刑を中止するよう求めた書簡を送る。 春『福音書要約』完成。続いて夏、『四福音書の統合と翻訳』完成。

			七月中旬　『人はなにで生きるか』執筆。 九・一五　一家でモスクワに移る。 一〇・三一　八男アレクセイ誕生。
一八八二	明治15	54	一・二三～二五　モスクワ人口調査参加。都市貧民の惨状を知り、『では我々は何をすべきか』を書きはじめる。 三月　『懺悔』完成。「ロシア思想」誌掲載が決まる。しかし、検閲により発表できず（全編発表は一八八四年ジュネーヴにて）。 七・一四　モスクワ、ハモーヴニキの屋敷を買う（現トルストイ邸宅博物館）。
一八八三	明治16	55	一月末　『わが信仰』を書きはじめる。 六月下旬　病床のツルゲーネフから文学活動への復帰を呼びかけた最後の手紙を受け取る（八月二二日ツルゲーネフ死去）。 一〇月中旬　のちに忠実な弟子となるチェルトコフを知る。
一八八四	明治17	56	一・二九　『わが信仰』完成。地下出版のかたちで広まる。 二～三月　孔子、老子を読む。 六・一七　ソフィア夫人と「深刻でやりきれない」会話ののち、家出を決行。しかし身重の夫人を思い出し、引き返す。翌朝、四女アレクサンドラ誕生。

			一一・二二　トルストイの伝記作者にして忠実な弟子となるビリュコフを知る。同月下旬、チェルトコフ、ビリュコフとともに民衆のための出版所「ポスレードニク」を創設。
一八八五	明治18	57	一月上旬　作品著作権をソフィア夫人にゆずる。 一月　キシニョフでトルストイの思想に共鳴した最初の兵役拒否事件が起こる。 三月以降　「ポスレードニク」の出版活動と並行して民話形式の短編が多く書かれる。『イワンのばか』『人間にはどれだけの土地が必要か』『三人の隠者』など十数編が発表される。
一八八六	明治19	58	一・一八　八男アレクセイ死亡。 三月　『イワン・イリイッチの死』完成（四月発表）。 七月　足にけがをし、丹毒にかかる。病床で『生命論』を着想。 一〇～一一月　戯曲『闇の力』執筆。
一八八七	明治20	59	二月上旬　「ポスレードニク」から『闇の力』発行。 二月下旬　『生命論』執筆開始。 三・一四　モスクワ心理学会で『生命論』の草稿をもとに講演。 六月上旬　判事で作家のコーニから女囚ロザリアの話を聞く（のちの『復活』

			の素材）。この頃、『光あるうちに光の中を歩め』完成。 一〇月上旬　若きロマン・ロランに長文の手紙を書く。『クロイツェル・ソナタ』着手。 一二月　『生命論』完成。
一八八八	明治21	60	三・三一　九男イワン誕生。 四・五　宗務院、『生命論』を発禁処分にする。
一八八九	明治22	61	四月下旬　芸術に関する論文を書く。 一〇月　『クロイツェル・ソナタ』完成。のちに「あとがき」を付す。この頃『悪魔』を書きはじめ、性欲の問題と取り組む。 一二月下旬　『コーニの物語』に着手（のちの『復活』）。
一八九〇	明治23	62	二月　『セルギー神父』に着手。 七・八　『神の国は汝らのうちにあり』執筆開始。
一八九一	明治24	63	引き続き『神の国は汝らのうちにあり』執筆。 九・一九　一八八一年以降の著作権放棄を宣言。 この年、ロシアを大飢饉が襲う。トルストイは数多くの仲間とともに、食堂開設、救援物資の分配、募金等、精力的な救済活動を行う。しかしこの活

			動は当局に危険視される。
一八九二	明治25	64	引き続き、救済活動と『神の国は汝らのうちにあり』の執筆をつづける。 この年、小西増太郎を知る。
一八九三	明治26	65	五月　『神の国は汝らのうちにあり』完成（ロシアでは発表できず、国外で発表）。トルストイ主義、ほぼ体系化なる。 一〇月　『老子』の翻訳を試みる。
一八九四	明治27	66	一月　『神の国は汝らのうちにあり』ベルリンでロシア語によって発表。 八月下旬　最後の家出に同行した医師マコヴィッキーを知る。 九・五　ヘンリー・ジョージの理論をもとに、地代を農民の共同出資に用いることを農民に提案。
一八九五	明治28	67	二・二三　九男イワン猩紅熱で死亡。 七・一　『復活』第一稿なる。 八・八〜九　チェーホフ来訪。 九月　ドゥホボール教徒弾圧に関する論文を書く。
一八九六	明治29	68	九・二六　徳富蘇峰と深井英五、トルストイを訪問。

			一一月　『芸術とは何か』執筆。
一八九七	明治30	69	この一年を通じ、『芸術とは何か』執筆。
一八九八	明治31	70	一〜二月　『芸術とは何か』発表。トルストイ主義の体系化、完了。 七・一四　ドゥホボール教徒のカナダ移住資金調達のため『復活』『セルギー神父』出版を決意。 一〇・六　レオニード・パステルナーク、ヤースナヤ・ポリャーナ来訪。『復活』の挿絵を引き受ける。二十日、週刊「ニーワ」から『復活』掲載の前金として一万二千ルーブルを受け取る。『復活』執筆に全力を注ぐ。
一八九九	明治32	71	三・一三　『復活』、「ニーワ」誌に連載開始。途中何度かの休載をはさみ一二月二五日に完結。
一九〇〇	明治33	72	この年、『復活』が世界的反響を呼ぶ。 一・一三　ゴーリキー来訪。 七月　『殺すなかれ』『現代の奴隷制度』執筆。
一九〇一	明治34	73	二・二四　宗務院による破門決定を知る。 四・四　『宗務院への回答』脱稿（発禁処分）。

			九月以降　『宗教とその本質』執筆。
一九〇二	明治35	74	一月下旬〜二月上旬　狭心症の発作。肺炎を併発し危篤に陥る。四月上旬に床を離れたが、五月ふたたび腸チフスにかかる。体力が目立って衰える。 七月以降　『ハジ・ムラート』執筆（翌々年一二月完成、死後発表）。
一九〇三	明治36	75	六〜八月　『舞踏会のあとに』執筆（死後発表）。
一九〇四	明治37	76	一〜四月　日露戦争について『思い直せ』執筆。六月一三日イギリスで発表。翌日、英独仏誌に訳載。日本では幸徳秋水、堺利彦の共訳により『爾曹悔改めよ』の題で「平民新聞」第三十九号に発表される。 八・二三　兄セルゲイ死去。
一九〇五	明治38	77	第一次ロシア革命起こる。暴力抗争の激化を悲しむ。
一九〇六	明治39	78	六・一七〜二一　徳富蘆花ヤースナヤ・ポリャーナ滞在。 一一・二七　次女マリア死去。
一九〇七	明治40	79	七月　ストルイピン首相に弾圧中止と土地の私有廃止を要求する手紙を書く。『一人たりとも殺すなかれ』執筆（検閲ミスで九月発表）。
一九〇八	明治41	80	五月　死刑廃止を訴え『黙ってはいられない』執筆（八月発表）。

			八・二八　生誕八十年記念。政府の監視弾圧が強まる。
一九〇九	明治42	81	一・二『キリスト教と死刑』完成。
一九一〇	明治43	82	九・六　ガンジーに無抵抗の意義を述べた手紙を送る。 九・一三「自分だけの日記」ソフィア夫人に発見される。 一〇・二八　早朝六時家出決行。オープチナ修道院、シャモルジーノを経て南に向かう。三一日夕方、悪寒を覚えアスターポヴォ駅で途中下車。駅長オゾーリンの宿舎で病臥。 一一・七　午前六時五分死去。遺体はヤースナヤ・ポリャーナに運ばれ、九日、森に埋葬される。一三日、『有効な手段』、「レーチ紙」に発表。
一九一九	大正8		一一・四（新暦）　ソフィア夫人、七ー五歳で死去。

（能見孝一編）

藤沼　貴（ふじぬま・たかし）
1931年、中国遼寧省鞍山市に生まれる。早稲田大学大学院ロシア文学専攻博士課程修了。早稲田大学教授を経て、創価大学特任教授、早稲田大学名誉教授。文学博士。2012年、神奈川県横浜市にて逝去。
著　書『トルストイ』（第三文明社）、『トルストイと生きる』（春風社）、『近代ロシア文学の原点――ニコライ・カラムジン研究』（れんが書房新社）、『新版ロシア文学案内』（岩波書店、共著）、『ロシア語ハンドブック』（東洋書店新社）、『和露辞典』（研究社）はか。
訳　書『戦争と平和』『復活』『幼年時代』『少年時代』（以上、岩波書店）、『アンナ・カレーニナ』（講談社）、『トルストイの民話』（福音館書店）ほか。

トルストイの生涯《しょうがい》　　第三文明選書16

2020年1月9日　初版第1刷発行

著　者　藤沼《ふじぬま》 貴《たかし》
発行者　大島光明
発行所　株式会社 第三文明社
東京都新宿区新宿1-23-5　郵便番号　160-0022
電話番号　03(5269)7144　（営業代表）
03(5269)7145　（注文専用ダイヤル）
03(5269)7154　（編集代表）
URL　https://www.daisanbunmei.co.jp/
振替口座　00150-3-117823

印刷所　図書印刷株式会社
製本所　株式会社　星共社

ISBN 978-4-476-18016-9